16	3	2	13
5	10	11	8
9	6	7	12
4	15	14	1

Eurípides

HÉRACLES

Edição bilíngue
Tradução, posfácio e notas de Trajano Vieira
Ensaio de William Arrowsmith

editora■34

EDITORA 34

Editora 34 Ltda.
Rua Hungria, 592 Jardim Europa CEP 01455-000
São Paulo - SP Brasil Tel/Fax (11) 3811-6777 www.editora34.com.br

Copyright © Editora 34 Ltda., 2014
Tradução, posfácio e notas © Trajano Vieira, 2014
William Arrowsmith, "Introduction to *Heracles*",
em *Euripides II — The Cyclops and Heracles, Iphigenia in Tauris,
Helen*, David Grene e Richmond Lattimore (orgs.), pp. 44-57
© Chicago University Press, 1956, traduzido com permissão

A FOTOCÓPIA DE QUALQUER FOLHA DESTE LIVRO É ILEGAL E CONFIGURA UMA
APROPRIAÇÃO INDEVIDA DOS DIREITOS INTELECTUAIS E PATRIMONIAIS DO AUTOR.

Título original:
Ἡρακλῆς

Capa, projeto gráfico e editoração eletrônica:
Bracher & Malta Produção Gráfica

Revisão:
Cide Piquet

1ª Edição - 2014 (2ª Reimpressão - 2021)

CIP - Brasil. Catalogação-na-Fonte
(Sindicato Nacional dos Editores de Livros, RJ, Brasil)

> Eurípides, *c.* 480-406 a.C.
> E664h   Héracles / Eurípides; edição bilíngue;
> tradução, posfácio e notas de Trajano Vieira;
> ensaio de William Arrowsmith —
> São Paulo: Editora 34, 2014 (1ª Edição).
> 184 p.
>
> ISBN 978-85-7326-549-1
>
> Texto bilíngue, português e grego
>
>   1. Teatro grego (Tragédia). I. Vieira,
> Trajano. II. Arrowsmith, William, 1924-1992.
> III. Título.

CDD - 882

HÉRACLES

Argumento 9

Τὰ τοῦ δράματος πρόσωπα 10
Personagens 11

Ἡρακλῆς 12
HÉRACLES 13

Posfácio do tradutor 143
Métrica e critérios de tradução 151
Sobre o autor 153
Sugestões bibliográficas 155
Excertos da crítica 157

"Introdução ao *Héracles*",
   William Arrowsmith 163

Sobre o tradutor 181

"El concepto de texto definitivo no corresponde sino a la religión o al cansancio."

Jorge Luis Borges

"Qu'est-ce que théâtraliser? Ce n'est pas décorer la représentation, c'est illimiter le langage."

Roland Barthes

Argumento

Diferentemente de outras tragédias, o *Héracles* organiza-se ao redor de dois episódios centrais: a ameaça de morte contra a família de Héracles por parte de Lico, novo rei de Tebas, na primeira parte, e o acesso de loucura do herói, na segunda parte (a tragédia é também conhecida como *Héracles Furioso*). Durante a ausência de Héracles, Lico assassina o rei de Tebas, Creon, e assume o trono. No poder, sentencia à morte a mulher do herói, Mégara (filha de Creon), seus três filhos e o pai terreno de Héracles, Anfítrion. Estes são obrigados a abandonar a moradia do herói e a se refugiar no altar de Zeus, diante da casa. É nesse ponto do enredo que a peça tem início.

Τὰ τοῦ δράματος πρόσωπα

ΑΜΦΙΤΡΥΩΝ

ΜΕΓΑΡΑ

ΧΟΡΟΣ

ΛΥΚΟΣ

ΗΡΑΚΛΗΣ

ΙΡΙΣ

ΛΥΣΣΑ

ΕΞΑΓΓΕΛΟΣ

ΘΗΣΕΥΣ

Personagens

ANFÍTRION, pai terreno de Héracles

MÉGARA, esposa de Héracles e filha de Creon, rei de Tebas

CORO dos velhos homens de Tebas

LICO, usurpador do trono de Tebas

HÉRACLES

ÍRIS, deusa a serviço de Hera

LOUCURA, a deusa Lissa

MENSAGEIRO

TESEU, rei de Atenas

Ἡρακλῆς*

ΑΜΦΙΤΡΥΩΝ

Τίς τὸν Διὸς σύλλεκτρον οὐκ οἶδεν βροτῶν,
Ἀργεῖον Ἀμφιτρύων', ὃν Ἀλκαῖός ποτε
ἔτιχθ' ὁ Περσέως, πατέρα τόνδ' Ἡρακλέους;
ὃς τάσδε Θήβας ἔσχον, ἔνθ' ὁ γηγενὴς
σπαρτῶν στάχυς ἔβλαστεν, ὧν γένους Ἄρης   5
ἔσωσ' ἀριθμὸν ὀλίγον, οἳ Κάδμου πόλιν
τεκνοῦσι παίδων παισίν· ἔνθεν ἐξέφυ
Κρέων Μενοικέως παῖς, ἄναξ τῆσδε χθονός.
Κρέων δὲ Μεγάρας τῆσδε γίγνεται πατήρ,
ἣν πάντες ὑμεναίοισι Καδμεῖοί ποτε   10
λωτῶι συνηλάλαξαν ἡνίκ' εἰς ἐμοὺς
δόμους ὁ κλεινὸς Ἡρακλῆς νιν ἤγετο.
λιπὼν δὲ Θήβας, οὗ κατωικίσθην ἐγώ,
Μεγάραν τε τήνδε πενθερούς τε παῖς ἐμὸς
Ἀργεῖα τείχη καὶ Κυκλωπίαν πόλιν   15
ὠρέξατ' οἰκεῖν, ἣν ἐγὼ φεύγω κτανὼν

---

* Texto grego estabelecido a partir de *Euripides: Heracles*, introdução, tradução e notas de Shirley A. Barlow, Warminster, Aris & Phillips, 1996, e *Euripides — Heracles*, edição e tradução de David Kovacs, Cambridge, Harvard University Press, 1998, Loeb Classical Library.

Héracles

[No altar de Zeus, diante da casa de Héracles em Tebas,
cena com Anfítrion, Mégara e os três filhos de Héracles]

ANFÍTRION
Alguém ignora quem deitou no mesmo
leito de Zeus, Anfítrion, um argivo,
filho de Alceu e neto de Perseu,
pai de Héracles? Agora vivo em Tebas,
de cujo solo homens germinaram.   5
Ares poupou a poucos dessa raça
que povoa a cidade, descendentes
de Cadmo. O rei Creon nasceu no seio
dessa família. Eis sua filha, Mégara,
que, ao som da flauta, os cádmios aclamaram   10
outrora nos epitalâmios. Héracles
foi quem a conduziu à minha casa.
Meu filho abandonou em Tebas, pólis
em que me exilo, Mégara e os sogros,
ansioso por viver na urbe ciclópia   15
e na muralha argiva que deixei,

Ἠλεκτρύωνα. συμφορὰς δὲ τὰς ἐμὰς
ἐξευμαρίζων καὶ πάτραν οἰκεῖν θέλων
καθόδου δίδωσι μισθὸν Εὐρυσθεῖ μέγαν,
ἐξημερῶσαι γαῖαν, εἴθ' Ἥρας ὕπο   20
κέντροις δαμασθεὶς εἴτε τοῦ χρεὼν μέτα.
καὶ τοὺς μὲν ἄλλους ἐξεμόχθησεν πόνους,
τὸ λοίσθιον δὲ Ταινάρου διὰ στόμα
βέβηκ' ἐς Ἅιδου τὸν τρισώματον κύνα
ἐς φῶς ἀνάξων, ἔνθεν οὐχ ἥκει πάλιν.   25
γέρων δὲ δή τις ἔστι Καδμείων λόγος
ὡς ἦν πάρος Δίρκης τις εὐνήτωρ Λύκος
τὴν ἑπτάπυργον τήνδε δεσπόζων πόλιν,
τὼ λευκοπώλω πρὶν τυραννῆσαι χθονὸς
Ἀμφίον' ἠδὲ Ζῆθον, ἐκγόνω Διός.   30
οὗ ταὐτὸν ὄνομα παῖς πατρὸς κεκλημένος,
Καδμεῖος οὐκ ὢν ἀλλ' ἀπ' Εὐβοίας μολών,
κτείνει Κρέοντα καὶ κτανὼν ἄρχει χθονός,
στάσει νοσοῦσαν τήνδ' ἐπεσπεσὼν πόλιν.
ἡμῖν δὲ κῆδος ἐς Κρέοντ' ἀνημμένον   35
κακὸν μέγιστον, ὡς ἔοικε, γίγνεται.
τοὐμοῦ γὰρ ὄντος παιδὸς ἐν μυχοῖς χθονὸς
ὁ καινὸς οὗτος τῆσδε γῆς ἄρχων Λύκος
τοὺς Ἡρακλείους παῖδας ἐξελεῖν θέλει
κτανὼν δάμαρτά <θ'>, ὡς φόνωι σβέσηι φόνον,   40
κἄμ' (εἴ τι δὴ χρὴ κἄμ' ἐν ἀνδράσιν λέγειν,
γέροντ' ἀχρεῖον), μή ποθ' οἵδ' ἠνδρωμένοι
μήτρωσιν ἐκπράξωσιν αἵματος δίκην.
ἐγὼ δέ (λείπει γάρ με τοῖσδ' ἐν δώμασιν
τροφὸν τέκνων οἰκουρόν, ἡνίκα χθονὸς   45
μέλαιναν ὄρφνην εἰσέβαινε, παῖς ἐμός)
σὺν μητρί, τέκνα μὴ θάνωσ' Ἡρακλέους,
βωμὸν καθίζω τόνδε σωτῆρος Διός,

por ter assassinado Eléctrion. Quis
amenizar meus infortúnios, ver-me
de volta ao lar. Promete a Euristeu
matar os monstros do lugar (cedia 20
à sina ou era Hera que o dobrava?).
O rol de seus trabalhos quase findo,
pelo bocal Tenaro entrou no Hades
com a missão de resgatar à luz
o cão triforme. Ainda não voltou. 25
Reza o lendário cádmio sobre ter
havido um certo Lico em tempos idos.
Casou com Dirce, encabeçou o burgo
de sete torres, antes do governo
dos alvos potros gêmeos, Anfião 30
e Zeto, prole do Cronida. O filho,
patrônimo, nascido em Eubeia
e não em Tebas, manda no país,
desde que assassinou Creon. A urbe
adoece. Nosso elo com Creon 35
nos arruinará — não tenho dúvida.
Meu filho ausente nos baixios da terra,
o novo chefe, Lico, matará
a esposa de Héracles, além dos filhos,
carnificina após carnificina, 40
e a mim também, um velho sem valor,
para evitar que vinguem, quando adultos,
o sangue maternal de antepassados.
Eis-me — pois Héracles mandou vigiar
seus filhos no palácio, quando entrou 45
na terra turva, para os heraclidas
viverem com a mãe — sentado sobre
o altar que ele erigiu a Zeus Sotério,

ὃν καλλινίκου δορὸς ἄγαλμ' ἱδρύσατο
Μινύας κρατήσας οὑμὸς εὐγενὴς τόκος.	50
πάντων δὲ χρεῖοι τάσδ' ἕδρας φυλάσσομεν,
σίτων ποτῶν ἐσθῆτος, ἀστρώτωι πέδωι
πλευρὰς τιθέντες· ἐκ γὰρ ἐσφραγισμένοι
δόμων καθήμεθ' ἀπορίαι σωτηρίας.
φίλων δὲ τοὺς μὲν οὐ σαφεῖς ὁρῶ φίλους,	55
οἱ δ' ὄντες ὀρθῶς ἀδύνατοι προσωφελεῖν.
τοιοῦτον ἀνθρώποισιν ἡ δυσπραξία·
ἧς μήποθ' ὅστις καὶ μέσως εὔνους ἐμοὶ
τύχοι, φίλων ἔλεγχον ἀψευδέστατον.

ΜΕΓΑΡΑ

ὦ πρέσβυ, Ταφίων ὅς ποτ' ἐξεῖλες πόλιν	60
στρατηλατήσας κλεινὰ Καδμείων δορός,
ὡς οὐδὲν ἀνθρώποισι τῶν θείων σαφές.
ἐγὼ γὰρ οὔτ' ἐς πατέρ' ἀπηλάθην τύχης,
ὃς οὕνεκ' ὄλβου μέγας ἐκομπάσθη ποτὲ
ἔχων τυραννίδ', ἧς μακραὶ λόγχαι πέρι	65
πηδῶσ' ἔρωτι σώματ' εἰς εὐδαίμονα,
ἔχων δὲ τέκνα· κἄμ' ἔδωκε παιδὶ σῶι,
ἐπίσημον εὐνὴν Ἡρακλεῖ συνοικίσας.
καὶ νῦν ἐκεῖνα μὲν θανόντ' ἀνέπτατο,
ἐγὼ δὲ καὶ σὺ μέλλομεν θνήισκειν, γέρον,	70
οἵ θ' Ἡράκλειοι παῖδες, οὓς ὑπὸ πτεροῖς
σώιζω νεοσσοὺς ὄρνις ὡς ὑφειμένους.
οἱ δ' εἰς ἔλεγχον ἄλλος ἄλλοθεν πίτνων
Ὦ μῆτερ, αὐδᾶι, ποῖ πατὴρ ἄπεστι γῆς;
τί δρᾶι, πόθ' ἥξει; τῶι νέωι δ' ἐσφαλμένοι	75
ζητοῦσι τὸν τεκόντ', ἐγὼ δὲ διαφέρω
λόγοισι μυθεύουσα. θαυμάζων δ' ὅταν
πύλαι ψοφῶσι πᾶς ἀνίστησιν πόδα,

depois de impor derrota dura aos mínios,
oferta de sua lança triunfante. 50
Guardião do paço, nada mais possuímos:
o de-comer, bebida, roupa... flancos
ao chão desprotegido, o lar trancado,
prostrados ao relento, sem saída.
Amigos, uns são falsos e os que não 55
são falsos não conseguem ser mais úteis.
Duro revés, que não desejo a quem
não queira moderadamente a mim,
prova desmentirosa de amizade.

MÉGARA

Senhor, algoz dos táfios no passado, 60
ilustre general da lança cádmia,
não há clareza no que o deus nos dá!
Eu conheci o lado bom da sorte
junto a meu pai, cujo ouro mereceu
louvores; rei, foi alvo da ambição 65
do dardo que remira o abastado.
Não lhe faltaram filhos. Consentiu
em que eu me unisse a Héracles, tua prole.
Se esvai o belo em asas morticidas...
A morte já nos ronda, ancião, a ambos, 70
também aos heraclidas, que mantenho,
qual pássaro suas crias, sob as plumas.
Andam a esmo, indagam-me aturdidos:
"Quero saber aonde foi meu pai.
O que ele faz? Quando é que volta?" Buscam-no, 75
imersos na ilusão pueril. Fabulo
com distrações da narrativa. Ao som
dos pórticos, postados, já se veem

ὡς πρὸς πατρῷον προσπεσούμενοι γόνυ.
νῦν οὖν τίν' ἐλπίδ' ἢ πόρον σωτηρίας   80
ἐξευμαρίζηι, πρέσβυ; πρὸς σὲ γὰρ βλέπω.
ὡς οὔτε γαίας ὅρι' ἂν ἐκβαῖμεν λάθραι
(φυλακαὶ γὰρ ἡμῶν κρείσσονες κατ' ἐξόδους)
οὔτ' ἐν φίλοισιν ἐλπίδες σωτηρίας
ἔτ' εἰσὶν ἡμῖν. ἥντιν' οὖν γνώμην ἔχεις   85
λέγ' ἐς τὸ κοινόν, μὴ θανεῖν ἕτοιμον ἦι.

ΑΜΦΙΤΡΥΩΝ

ὦ θύγατερ, οὔτοι ῥάιδιον τὰ τοιάδε
φαύλως παραινεῖν σπουδάσαντ' ἄνευ πόνου·
χρόνον δὲ μηκύνωμεν ὄντες ἀσθενεῖς.

ΜΕΓΑΡΑ

λύπης τι προσδεῖς ἢ φιλεῖς οὕτω φάος;   90

ΑΜΦΙΤΡΥΩΝ

καὶ τῶιδε χαίρω καὶ φιλῶ τὰς ἐλπίδας.

ΜΕΓΑΡΑ

κἀγώ· δοκεῖν δὲ τἀδόκητ' οὐ χρή, γέρον.

ΑΜΦΙΤΡΥΩΝ

ἐν ταῖς ἀναβολαῖς τῶν κακῶν ἔνεστ' ἄκη.

ΜΕΓΑΡΑ

ὁ δ' ἐν μέσωι γε λυπρὸς ὢν δάκνει χρόνος.

ΑΜΦΙΤΡΥΩΝ

γένοιτο μεντἄν, θύγατερ, οὔριος δρόμος   95
ἐκ τῶν παρόντων τῶνδ' ἐμοὶ καὶ σοὶ κακῶν

indo abraçá-lo, indo beijar-lhe os joelhos.
Consegues vislumbrar alguma luz? 80
Sou toda ouvidos! Como ultrapassar
os lindes do país despercebidos,
se em cada ponto há guardas mais taludos
que nós e não podemos nem contar
com quem nos queira? Escutarei o plano 85
que possa retardar o nosso fim!

ANFÍTRION
Não saberia, filha, responder
ao que perguntas. Contemporizar
será melhor em nossa situação.

MÉGARA
Te atrai a dor ou amas tanto a luz? 90

ANFÍTRION
À luz dou loas, amo a esperança.

MÉGARA
Não se contorna, ancião, o incontornável.

ANFÍTRION
Postergar o revés nos traz alívio.

MÉGARA
Mas o entretempo morde crudelíssimo.

ANFÍTRION
Mas mesmo assim, a brisa de um viés 95
sem dor quem sabe favoreça a ambos...

19

ἔλθοι τ' ἔτ' ἂν παῖς οὑμός, εὐνήτωρ δὲ σός.
ἀλλ' ἡσύχαζε καὶ δακρυρρόους τέκνων
πηγὰς ἀφαίρει καὶ παρευκήλει λόγοις,
κλέπτουσα μύθοις ἀθλίους κλοπὰς ὅμως.   100
κάμνουσι γάρ τοι καὶ βροτῶν αἱ συμφοραί,
καὶ πνεύματ' ἀνέμων οὐκ ἀεὶ ῥώμην ἔχει,
οἵ τ' εὐτυχοῦντες διὰ τέλους οὐκ εὐτυχεῖς·
ἐξίσταται γὰρ πάντ' ἀπ' ἀλλήλων δίχα.
οὗτος δ' ἀνὴρ ἄριστος ὅστις ἐλπίσιν   105
πέποιθεν αἰεί· τὸ δ' ἀπορεῖν ἀνδρὸς κακοῦ.

ΧΟΡΟΣ

ὑψόροφα μέλαθρα καὶ γεραι-
ὰ δέμνι' ἀμφὶ βάκτροις
ἔρεισμα θέμενος ἐστάλην
ἰηλέμων γέρων ἀοι-   110
δὸς ὥστε πολιὸς ὄρνις,
ἔπεα μόνον καὶ δόκημα νυκτερω-
πὸν ἐννύχων ὀνείρων,
τρομερὰ μὲν ἀλλ' ὅμως πρόθυμ',
ὦ τέκεα τέκεα πατρὸς ἀπάτορ',   115
ὦ γεραιὲ σύ τε τάλαινα μᾶ-
τερ, ἃ τὸν <ἐν> Ἅιδα δόμοις
πόσιν ἀναστενάζεις.

μὴ προκάμητε πόδα βαρύ τε κῶ-
λον ὥστε πρὸς πετραῖον   120
λέπας ζυγηφόρον πῶλον
ἀνέντες ὡς βάρος φέρον
τροχηλάτοιο πώλου.
λαβοῦ χερῶν καὶ πέπλων, ὅτου λέλοι-

Meu filho — teu marido! — há de voltar.
Acalma, afasta o manancial de pranto
da prole, afaga-a com a fala mítica
da fantasia, furtadora atroz   100
do que é veraz. Tufão não sopra sempre,
nem o padecimento se eterniza.
A dita de um ditoso é desditosa,
pois a unidade cinde-se no múltiplo.
Quem se mantém esperançoso é ótimo,   105
quem nunca vê saída é um homem vil.

[Entra o coro dos velhos homens de Tebas]

CORO

Com báculos de arrimo,   Estr.
eis-nos no alcácer altiteto,
onde o senhor idoso deita,
cantores velhos de lamentos,   110
cisnes encanecidos,
meras palavras,
visões noturnas
do pesadume de um pesadumbre,
infirmes sim, porém com fibra.   115
Filhos sem pai! Senhor!
Mater miserável lamentosa do consorte
no logradouro do Hades!

Potro sob jugo   Ant.
cujo fardo retarda as rodas da carroça,   120
rota pétrea acima,
poupa o peso das pernas,
poupa o pé!
Segura o peplo e a mão de quem imprime

πε ποδὸς ἀμαυρὸν ἴχνος.   125
γέρων γέροντα παρακόμιζ’,
ὧι ξύνοπλα δόρατα νέα νέωι
τὸ πάρος ἐν ἡλίκων πόνοις
ξυνῆν ποτ’, εὐκλεεστάτας
πατρίδος οὐκ ὀνείδη.   130

ἴδετε πατέρος ὡς γοργῶπες αἵδε προσφερεῖς
ὀμμάτων αὐγαί,
τὸ δὲ κακοτυχὲς οὐ λέλοιπεν ἐκ τέκνων
οὐδ’ ἀποίχεται χάρις.
Ἑλλὰς ὦ ξυμμάχους   135
οἵους οἵους ὀλέσασα
τούσδ’ ἀποστερήσηι.

ἀλλ’ εἰσορῶ γὰρ τόνδε δωμάτων πέλας
Λύκον περῶντα, τῆσδε κοίρανον χθονός.

ΛΥΚΟΣ

τὸν Ἡράκλειον πατέρα καὶ ξυνάορον,   140
εἰ χρή μ’, ἐρωτῶ· χρὴ δ’, ἐπεί γε δεσπότης
ὑμῶν καθέστηχ’, ἱστορεῖν ἃ βούλομαι.
τίν’ ἐς χρόνον ζητεῖτε μηκῦναι βίον;
τίν’ ἐλπίδ’ ἀλκήν τ’ εἰσορᾶτε μὴ θανεῖν;
ἦ τὸν παρ’ Ἅιδηι πατέρα τῶνδε κείμενον   145
πιστεύεθ’ ἥξειν; ὡς ὑπὲρ τὴν ἀξίαν
τὸ πένθος αἴρεσθ’, εἰ θανεῖν ὑμᾶς χρεών,
σὺ μὲν καθ’ Ἑλλάδ’ ἐκβαλὼν κόμπους κενοὺς
ὡς σύγγαμός σοι Ζεὺς τέκνου τε κοινεῶν,
σὺ δ’ ὡς ἀρίστου φωτὸς ἐκλήθης δάμαρ.   150
τί δὴ τὸ σεμνὸν σῶι κατείργασται πόσει,

um rastro indiscernível!   125
Conduze, velho, um velho,
sócio no prélio de eras priscas,
neolanças de um renovo,
sem enodoar
a nomeada do país.   130

O olhar gorgôneo de Héracles,   Ep.
nota como cintila na retina dos filhos!
A moiramara não os deixa?
Tampouco o charme!
Ausentes aliados de igual quilate,   135
ó Grécia,
qual não será o portento da perda?

Mas descortino Lico, rei daqui,
proveniente do arrabalde régio.

    [Entra Lico e seu séquito]

LICO

Se posso — e, líder-mor, como não posso   140
investigar o que eu quiser? —, indago
ao pai de Héracles, indago à Mégara:
por quanto tempo ainda pretendeis
persistir existindo? Não morreis
porque nutris alguma expectativa?   145
Acreditais na hipótese da volta
de um ser que jaz no Hades? Agravar
a dor, se o fim se impõe, não faz sentido.
Blasonas que o Cronida compartiu
de tua mulher e congerou teu filho.   150
E tu, denominada esposa do ás,

ὕδραν ἕλειον εἰ διώλεσε κτανὼν
ἢ τὸν Νέμειον θῆρ', ὃν ἐν βρόχοις ἑλὼν
βραχίονός φησ' ἀγχόναισιν ἐξελεῖν;
τοῖσδ' ἐξαγωνίζεσθε; τῶνδ' ἄρ' οὕνεκα   155
τοὺς Ἡρακλείους παῖδας οὐ θνήισκειν χρεών;
ὁ δ' ἔσχε δόξαν οὐδὲν ὢν εὐψυχίας
θηρῶν ἐν αἰχμῆι, τἄλλα δ' οὐδὲν ἄλκιμος,
ὃς οὔποτ' ἀσπίδ' ἔσχε πρὸς λαιᾶι χερὶ
οὐδ' ἦλθε λόγχης ἐγγὺς ἀλλὰ τόξ' ἔχων,   160
κάκιστον ὅπλον, τῆι φυγῆι πρόχειρος ἦν.
ἀνδρὸς δ' ἔλεγχος οὐχὶ τόξ' εὐψυχίας
ἀλλ' ὃς μένων βλέπει τε κἀντιδέρκεται
δορὸς ταχεῖαν ἄλοκα τάξιν ἐμβεβώς.
ἔχει δὲ τοὐμὸν οὐκ ἀναίδειαν, γέρον,   165
ἀλλ' εὐλάβειαν· οἶδα γὰρ κατακτανὼν
Κρέοντα πατέρα τῆσδε καὶ θρόνους ἔχων.
οὔκουν τραφέντων τῶνδε τιμωροὺς ἐμοὶ
χρήιζω λιπέσθαι, τῶν δεδραμένων δίκην.

ΑΜΦΙΤΡΥΩΝ

τῶι τοῦ Διὸς μὲν Ζεὺς ἀμυνέτω μέρει   170
παιδός· τὸ δ' εἰς ἔμ', Ἡράκλεις, ἐμοὶ μέλει
λόγοισι τὴν τοῦδ' ἀμαθίαν ὑπὲρ σέθεν
δεῖξαι· κακῶς γάρ σ' οὐκ ἐατέον κλύειν.
πρῶτον μὲν οὖν τἄρρητ' (ἐν ἀρρήτοισι γὰρ
τὴν σὴν νομίζω δειλίαν, Ἡράκλεες)   175
σὺν μάρτυσιν θεοῖς δεῖ μ' ἀπαλλάξαι σέθεν.
Διὸς κεραυνὸν ἠρόμην τέθριππά τε
ἐν οἷς βεβηκὼς τοῖσι γῆς βλαστήμασιν
Γίγασι πλευροῖς πτήν' ἐναρμόσας βέλη
τὸν καλλίνικον μετὰ θεῶν ἐκώμασεν·   180
τετρασκελές θ' ὕβρισμα, Κενταύρων γένος,

que feito seu merece aplauso? Enreda
o leão nemeu e a hidra e vem dizer
que os asfixiou com braço? Bela farsa!
Essa argumentação é suficiente   155
para evitar a morte dos meninos?
Um ser qualquer, ganhou reputação
de bravo em rusga contra as feras, frouxo
em tudo mais. Jamais ergueu escudo,
nem empunhou venábulo; fujão,   160
mantinha sempre à mão o arco torpe.
Arco não prova a têmpera do bravo,
mas encarar imóvel de seu posto
o fio da lança rápida no avanço.
Pauto meus atos por cautela e não   165
pelo descaramento. Assassinei
o pai desta mulher, Creon, e o trono
herdei. Quero evitar que a prole, adulta,
queira me eliminar com bases justas.

ANFÍTRION

Que Zeus proteja o que é de Zeus no filho   170
seu! Minha meta é demonstrar na fala
a inscícia desse tipo a teu respeito,
meu filho, e te poupar do fel das gentes.
Primeiro tópico: a impronunciável
acusação, pois é impronunciável   175
considerar-te, ó deuses, um fujão!
Invoco o testemunho do relâmpago
de Zeus, de sua sege, de onde a lança
feriu a pleura dos gigantes ctônios.
E o hino triunfal cantou com deuses.   180
Vai indagar, ó reles rei, em Fóloe,

Φολόην ἐπελθών, ὦ κάκιστε βασιλέων,
ἐροῦ τίν' ἄνδρ' ἄριστον ἐγκρίνειαν ἄν·
ἢ οὐ παῖδα τὸν ἐμόν, ὃν σὺ φῂς εἶναι δοκεῖν;
Δίρφυν τ' ἐρωτῶν ἤ σ' ἔθρεψ' Ἀβαντίδα,   185
οὐκ ἄν <σ'> ἐπαινέσειεν· οὐ γὰρ ἔσθ' ὅπου
ἐσθλόν τι δράσας μάρτυρ' ἂν λάβοις πάτραν.
τὸ πάνσοφον δ' εὕρημα, τοξήρη σαγήν,
μέμφῃ· κλύων νυν τἀπ' ἐμοῦ σοφὸς γενοῦ.
ἀνὴρ ὁπλίτης δοῦλός ἐστι τῶν ὅπλων   190
θραύσας τε λόγχην οὐκ ἔχει τῶι σώματι
θάνατον ἀμῦναι, μίαν ἔχων ἀλκὴν μόνον·
καὶ τοῖσι συνταχθεῖσιν οὖσι μὴ ἀγαθοῖς
αὐτὸς τέθνηκε δειλίαι τῆι τῶν πέλας.
ὅσοι δὲ τόξοις χεῖρ' ἔχουσιν εὔστοχον,   195
ἓν μὲν τὸ λῶιστον, μυρίους οἰστοὺς ἀφεὶς
ἄλλοις τὸ σῶμα ῥύεται μὴ κατθανεῖν,
ἑκὰς δ' ἀφεστὼς πολεμίους ἀμύνεται
τυφλοῖς ὁρῶντας οὐτάσας τοξεύμασιν
τὸ σῶμά τ' οὐ δίδωσι τοῖς ἐναντίοις,   200
ἐν εὐφυλάκτωι δ' ἐστί. τοῦτο δ' ἐν μάχηι
σοφὸν μάλιστα, δρῶντα πολεμίους κακῶς
σώιζειν τὸ σῶμα, μὴ 'κ τύχης ὡρμισμένον.
λόγοι μὲν οἵδε τοῖσι σοῖς ἐναντίαν
γνώμην ἔχουσι τῶν καθεστώτων πέρι.   205
παῖδας δὲ δὴ τί τούσδ' ἀποκτεῖναι θέλεις;
τί σ' οἵδ' ἔδρασαν; ἕν τί σ' ἡγοῦμαι σοφόν,
εἰ τῶν ἀρίστων τἄκγον' αὐτὸς ὢν κακὸς
δέδοικας. ἀλλὰ τοῦθ' ὅμως ἡμῖν βαρύ,
εἰ δειλίας σῆς κατθανούμεθ' οὕνεκα,   210
ὃ χρῆν σ' ὑφ' ἡμῶν τῶν ἀμεινόνων παθεῖν,
εἰ Ζεὺς δικαίας εἶχεν εἰς ἡμᾶς φρένας.
εἰ δ' οὖν ἔχειν γῆς σκῆπτρα τῆσδ' αὐτὸς θέλεις,

a fúria quadripernas, os centauros,
sobre quem acham que é o melhor, senão
quem dizes não passar de um falso bravo!
Pergunta a Dírfis, píncaro de Abântida 185
que te nutriu! Silêncio... não te louvam:
pátria nenhuma atesta um feito teu!
Escuta o comentário sobre o achado
plenissagaz do arqueiro e vê se aprendes:
o hoplita é um dependente do armamento; 190
se a lança rompe, Tânatos lhe ronda
o corpo, preso a uma só defesa.
Os sócios perfilados, se medíocres,
a covardia do vizinho o mata.
O arqueiro, mira exímia, tem o bem 195
supremo, pois a sucessão de dardos
impede que aliados incorporem
a morte. Longe do adversário, flechas
enceguecidas ferem quem as vê.
Não cede ao oponente o corpo bem 200
policiado. Sapiência-mor
na guerra é preservar o corpo, impor
baixas sem se escorar no Acaso, em *Tykhe*.
Minha argumentação vai em sentido
oposto ao que ajuízas sobre o assunto. 205
Por que motivo eliminar-lhe os filhos?
Que mal fizeram? Mas num ponto acertas:
o torpe teme a cepa do altaneiro.
Mas custa-me aceitar que nossa morte
decorrerá de tua covardia, 210
destino que melhor te caberia,
pensara Zeus em nós com mais justiça.
Se é o cetro do país que almejas tanto,

ἔασον ἡμᾶς φυγάδας ἐξελθεῖν χθονός·
βίαι δὲ δράσηις μηδὲν ἢ πείσηι βίαν 215
ὅταν θεοῦ σοι πνεῦμα μεταβαλὸν τύχηι.
φεῦ·
ὦ γαῖα Κάδμου (καὶ γὰρ ἐς σ' ἀφίξομαι
λόγους ὀνειδιστῆρας ἐνδατούμενος),
τοιαῦτ' ἀμύνεθ' Ἡρακλεῖ τέκνοισί τε;
Μινύαις ὃς εἷς ἅπασι διὰ μάχης μολὼν 220
Θήβας ἔθηκεν ὄμμ' ἐλεύθερον βλέπειν.
οὐδ' Ἑλλάδ' ἤινεσ' (οὐδ' ἀνέξομαί ποτε
σιγῶν) κακίστην λαμβάνων ἐς παῖδ' ἐμόν,
ἣν χρῆν νεοσσοῖς τοῖσδε πῦρ λόγχας ὅπλα
φέρουσαν ἐλθεῖν, ποντίων καθαρμάτων 225
χέρσου τ' ἀμοιβὰς ὧν ἐμόχθησας χάριν.
τὰ δ', ὦ τέκν', ὑμῖν οὔτε Θηβαίων πόλις
οὔθ' Ἑλλὰς ἀρκεῖ· πρὸς δ' ἔμ' ἀσθενῆ φίλον
δεδόρκατ', οὐδὲν ὄντα πλὴν γλώσσης ψόφον.
ῥώμη γὰρ ἐκλέλοιπεν ἣν πρὶν εἴχομεν, 230
γήραι δὲ τρομερὰ γυῖα κἀμαυρὸν σθένος.
εἰ δ' ἦ νέος τε κἄτι σώματος κρατῶν,
λαβὼν ἂν ἔγχος τοῦδε τοὺς ξανθοὺς πλόκους
καθηιμάτωσ' ἄν, ὥστ' Ἀτλαντικῶν πέραν
φεύγειν ὅρων ἂν δειλίαι τοὐμὸν δόρυ. 235

ΧΟΡΟΣ
ἆρ' οὐκ ἀφορμὰς τοῖς λόγοισιν ἀγαθοὶ
θνητῶν ἔχουσι, κἂν βραδύς τις ἦι λέγειν;

ΛΥΚΟΣ
σὺ μὲν λέγ' ἡμᾶς οἷς πεπύργωσαι λόγοις,
ἐγὼ δὲ δράσω σ' ἀντὶ τῶν λόγων κακῶς.
ἄγ', οἱ μὲν Ἑλικῶν', οἱ δὲ Παρνασοῦ πτυχὰς 240

permite o nosso exílio! Nada faças
violentamente ou violência hás   215
de padecer, mudando o sopro súpero.
Ai!
País de Cadmo — sobre ti também
recaem minhas censuras: que defesa
ofereceste a Héracles, aos netos?
Quem mais lutou com ele contra os mínios,   220
quando livrou da submissão o olhar
tebano? A Hélade também critico,
vil a não mais poder com meu herdeiro.
Em prol de sua prole, não portaste
armas ou fogo, não retribuíste   225
a purificação que propiciou
por mar e terra. Filhos, nem a pólis
tebaica, nem a Grécia vos defendem!
Quem olha enxerga em mim o amigo débil,
espectro reduzido ao som da voz.   230
Sem o vigor de outrora, membros trêmulos,
a força se esvaiu. Me assenhoreasse
do corpo, o gládio meu ensanguentara
suas tranças louras, ao correr, covarde,
de minha espada após os lindes de Atlas.   235

CORO
Mesmo se a fala falha, nunca falta
vigor ao homem magno que apalavra.

LICO
Empilha como queiras teus vocábulos,
mas olha: não respondo com palavras!
Homens, na encosta do Parnaso e em Hélicon,   240

τέμνειν ἄνωχθ' ἐλθόντες ὑλουργοὺς δρυὸς
κορμούς· ἐπειδὰν δ' ἐσκομισθῶσιν πόλει
βωμὸν πέριξ νήσαντες ἀμφήρη ξύλα
ἐμπίμπρατ' αὐτῶν κἀκπυροῦτε σώματα
πάντων, ἵν' εἰδῶσ' οὕνεκ' οὐχ ὁ κατθανὼν   245
κρατεῖ χθονὸς τῆσδ' ἀλλ' ἐγὼ τὰ νῦν τάδε.
ὑμεῖς δέ, πρέσβεις, ταῖς ἐμαῖς ἐναντίοι
γνώμαισιν ὄντες, οὐ μόνον στενάξετε
τοὺς Ἡρακλείους παῖδας ἀλλὰ καὶ δόμου
τύχας, ὅταν πάσχηι τι, μεμνήσεσθε δὲ   250
δοῦλοι γεγῶτες τῆς ἐμῆς τυραννίδος.

ΧΟΡΟΣ
ὦ γῆς λοχεύμαθ', οὓς Ἄρης σπείρει ποτὲ
λάβρον δράκοντος ἐξερημώσας γένυν,
οὐ σκῆπτρα, χειρὸς δεξιᾶς ἐρείσματα,
ἀρεῖτε καὶ τοῦδ' ἀνδρὸς ἀνόσιον κάρα   255
καθαιματώσεθ', ὅστις οὐ Καδμεῖος ὢν
ἄρχει κάκιστος τῶν ἐμῶν ἔπηλυς ὤν;
ἀλλ' οὐκ ἐμοῦ γε δεσπόσεις χαίρων ποτὲ
οὐδ' ἀπόνησα πόλλ' ἐγὼ καμὼν χερὶ
ἕξεις. ἀπέρρων δ' ἔνθεν ἦλθες ἐνθάδε   260
ὕβριζ'. ἐμοῦ γὰρ ζῶντος οὐ κτενεῖς ποτε
τοὺς Ἡρακλείους παῖδας· οὐ τοσόνδε γῆς
ἔνερθ' ἐκεῖνος κρύπτεται λιπὼν τέκνα.
ἐπεὶ σὺ μὲν γῆν τήνδε διολέσας ἔχεις,
ὁ δ' ὠφελήσας ἀξίων οὐ τυγχάνει·   265
κἄπειτα πράσσω πόλλ' ἐγὼ φίλους ἐμοὺς
θανόντας εὖ δρῶν, οὗ φίλων μάλιστα δεῖ;
ὦ δεξιὰ χείρ, ὡς ποθεῖς λαβεῖν δόρυ,
ἐν δ' ἀσθενείαι τὸν πόθον διώλεσας.
ἐπεί σ' ἔπαυσ' ἂν δοῦλον ἐννέποντά με   270

ordenai que os lenheiros cortem robles
e, retornando à pólis, amontoai
os troncos ao redor do altar! Em brasa,
incinerai os corpos dessa gente!
O chefe do país não é um cadáver,   245
sou eu (devem sabê-lo!), do que houver
aqui. Velhotes, caso resistais,
lamentareis, além dos heraclidas,
a desfortuna contra os próprios lares,
quando a catástrofe os afete, cientes   250
de que sois fâmulos de um ser tirânico.

CORO
Prole da terra, que Ares semeou
lacerando a mandíbula famélica
do dragão, evitais erguer o báculo,
o sustentáculo da destra, e o sangue   255
verter da testa ímpia de um mandante
sórdido que sequer nasceu aqui?
Jamais porás a mão impune em mim,
nem no que acumulei com meu cansaço.
Vai de retro exceder-te em teu rincão,   260
que nada afetará os filhos de Héracles,
enquanto eu sobreviva. A terra o encripta
perto daqui, onde alojou a estirpe.
Quem arruinou a terra agora a tem,
nada angaria quem só fez seu bem.   265
Erro se me desdobro por amigos
mortos, quando de nós mais necessitam?
Esmoreceu o ímpeto de outrora,
ímpeto de empunhar, ó mão, a lança!
Ou não me chamarias mais de fâmulo,   270

καὶ τάσδε Θήβας εὐκλεῶς ὠνήσαμεν,
ἐν αἷς σὺ χαίρεις. οὐ γὰρ εὖ φρονεῖ πόλις
στάσει νοσοῦσα καὶ κακοῖς βουλεύμασιν·
οὐ γάρ ποτ' ἂν σὲ δεσπότην ἐκτήσατο.

ΜΕΓΑΡΑ

γέροντες, αἰνῶ· τῶν φίλων γὰρ οὕνεκα   275
ὀργὰς δικαίας τοὺς φίλους ἔχειν χρεών.
ἡμῶν δ' ἕκατι δεσπόταις θυμούμενοι
πάθητε μηδέν. τῆς δ' ἐμῆς, Ἀμφιτρύων,
γνώμης ἄκουσον, ἤν τί σοι δοκῶ λέγειν.
ἐγὼ φιλῶ μὲν τέκνα· πῶς γὰρ οὐ φιλῶ   280
ἅτικτον, ἀμόχθησα; καὶ τὸ κατθανεῖν
δεινὸν νομίζω· τῶι δ' ἀναγκαίωι τρόπωι
ὃς ἀντιτείνει σκαιὸν ἡγοῦμαι βροτῶν.
ἡμᾶς δ', ἐπειδὴ δεῖ θανεῖν, θνήισκειν χρεὼν
μὴ πυρὶ καταξανθέντας, ἐχθροῖσιν γέλων   285
διδόντας, οὑμοὶ τοῦ θανεῖν μεῖζον κακόν.
ὀφείλομεν γὰρ πολλὰ δώμασιν καλά·
σὲ μὲν δόκησις ἔλαβεν εὐκλεὴς δορός,
ὥστ' οὐκ ἀνεκτὸν δειλίας θανεῖν σ' ὕπο,
οὑμὸς δ' ἀμαρτύρητος εὐκλεὴς πόσις,   290
ὃς τούσδε παῖδας οὐκ ἂν ἐκσῶσαι θέλοι
δόξαν κακὴν λαβόντας· οἱ γὰρ εὐγενεῖς
κάμνουσι τοῖς αἰσχροῖσι τῶν τέκνων ὕπερ·
ἐμοί τε μίμημ' ἀνδρὸς οὐκ ἀπωστέον.
σκέψαι δὲ τὴν σὴν ἐλπίδ' ἧι λογίζομαι·   295
ἥξειν νομίζεις παῖδα σὸν γαίας ὕπο;
καὶ τίς θανόντων ἦλθεν ἐξ Ἅιδου πάλιν;
ἀλλ' ὡς λόγοισι τόνδε μαλθάξαιμεν ἄν;
ἥκιστα· φεύγειν σκαιὸν ἄνδρ' ἐχθρὸν χρεών,
σοφοῖσι δ' εἴκειν καὶ τεθραμμένοις καλῶς·   300

útil a Tebas, onde rejubilas.
A pólis pensa mal, adoeceu
de conselhos errados e revoltas.
Só assim para aceitar-te como déspota.

MÉGARA

Grata, senhores! Não é um despautério   275
o amigo enfurecer-se pelo amigo.
Mas não vos angustieis por nós, avessos
ao rei que só promove a dor. Anfítrion,
opina sobre o que eu agora penso!
Amo meus filhos. Como não amar   280
quem trouxe ao mundo padecendo? A morte,
também a julgo horrível, mas querer
furtar-se ao que se impõe não rende frutos.
Se a morte é indesviável, chamuscar
morrente ao riso dos antagonistas   285
seria um mal maior do que morrer.
O lar requer de nós beleza extrema.
O *kleos* da lança, seu renome, te
sustém; morrer de medo não convém.
O *kleos* de meu esposo, seu renome,   290
dispensa testemunho. Se nos filhos
prevalecera a pecha ruim, sem vida
os preferia. O nobre sofre se a um
dos seus humilham. Sigo meu marido.
Mas considera a avaliação que faço   295
da esperança que nutres: acreditas
que Héracles há de ressurgir dos ínferos?
Que morto retornou do Hades? Crês
na hipótese de convencê-lo? Não!
Evito o inimigo tosco e acolho   300

ῥᾷον γὰρ αἰδοῖ σ᾽ ὑποβαλὼν φίλ᾽ ἂν τέμοις.
ἤδη δ᾽ ἐσῆλθέ μ᾽ εἰ παραιτησαίμεθα
φυγὰς τέκνων τῶνδ᾽· ἀλλὰ καὶ τόδ᾽ ἄθλιον
πενίαι σὺν οἰκτρᾶι περιβαλεῖν σωτηρίαν,
ὡς τὰ ξένων πρόσωπα φεύγουσιν φίλοις   305
ἐν ἦμαρ ἡδὺ βλέμμ᾽ ἔχειν φασὶν μόνον.
τόλμα μεθ᾽ ἡμῶν θάνατον, ὃς μένει σ᾽ ὅμως.
προκαλούμεθ᾽ εὐγένειαν, ὦ γέρον, σέθεν·
τὰς τῶν θεῶν γὰρ ὅστις ἐκμοχθεῖ τύχας
πρόθυμός ἐστιν, ἡ προθυμία δ᾽ ἄφρων·   310
ὃ χρὴ γὰρ οὐδεὶς μὴ χρεὼν θήσει ποτέ.

ΧΟΡΟΣ
εἰ μὲν σθενόντων τῶν ἐμῶν βραχιόνων
ἦν τίς σ᾽ ὑβρίζων, ῥαιδίως ἔπαυσά τἄν·
νῦν δ᾽ οὐδέν ἐσμεν. σὸν δὲ τοὐντεῦθεν σκοπεῖν
ὅπως διώσηι τὰς τύχας, Ἀμφιτρύων.   315

ΑΜΦΙΤΡΥΩΝ
οὔτοι τὸ δειλὸν οὐδὲ τοῦ βίου πόθος
θανεῖν ἐρύκει μ᾽, ἀλλὰ παιδὶ βούλομαι
σῶσαι τέκν᾽· ἄλλως δ᾽ ἀδυνάτων ἔοικ᾽ ἐρᾶν.
ἰδού, πάρεστιν ἥδε φασγάνωι δέρη
κεντεῖν φονεύειν ἱέναι πέτρας ἄπο.   320

μίαν δὲ νῶιν δὸς χάριν, ἄναξ, ἱκνούμεθα·
κτεῖνόν με καὶ τήνδ᾽ ἀθλίαν παίδων πάρος,
ὡς μὴ τέκν᾽ εἰσίδωμεν, ἀνόσιον θέαν,
ψυχορραγοῦντα καὶ καλοῦντα μητέρα
πατρός τε πατέρα. τἄλλα δ᾽, εἰ πρόθυμος εἶ,   325
πρᾶσσ᾽· οὐ γὰρ ἀλκὴν ἔχομεν ὥστε μὴ θανεῖν.

a fala do civilizado e lúcido:
o acordo, respeitado, concretiza-se.
Pensei rogar o exílio dos meninos,
porém é vil salvar-se na penúria:
a candura no olhar de quem hospeda 305
amigos no desterro dura um dia.
A morte que te espreita, ousa abraçá-la
conosco, ancião! Faz jus a teus ancestres!
Não desmereço o afã, mas é insano
o afã de combater destino divo. 310
Não há como evitar o inevitável!

CORO
Vigoroso meu braço, facilmente
impediria alguém de te agredir.
Mas nada somos. Cabe a ti, Anfítrion,
considerar como enfrentar o azar. 315

ANFÍTRION
Não é por medo ou por apego à vida
que persisto em viver, mas por querer,
ciente do inviável, que meus netos
se salvem. A garganta avanço ao gládio:
cruor, horror e dor... da rocha, arrojo-me. 320

[Anfítrion desce do altar]

Concede-nos, senhor, um só favor:
nos elimina antes dos meninos,
poupando-nos de ver a cena atroz,
ânimestertorante: "Mãe! Avô!"
Cumpre o restante se tens peito! Opor-se 325
à morte não podemos por fraqueza.

MEΓAPA

κἀγώ σ' ἱκνοῦμαι χάριτι προσθεῖναι χάριν,
<ἡμῖν> ἵν' ἀμφοῖν εἷς ὑπουργήσηις διπλᾶ·
κόσμον πάρες μοι παισὶ προσθεῖναι νεκρῶν,
δόμους ἀνοίξας (νῦν γὰρ ἐκκεκλήιμεθα),   330
ὡς ἀλλὰ ταῦτά γ' ἀπολάχωσ' οἴκων πατρός.

ΛΥΚΟΣ

ἔσται τάδ'· οἴγειν κλῆιθρα προσπόλοις λέγω.

κοσμεῖσθ' ἔσω μολόντες· οὐ φθονῶ πέπλων.
ὅταν δὲ κόσμον περιβάλησθε σώμασιν
ἥξω πρὸς ὑμᾶς νερτέραι δώσων χθονί.   335

MEΓAPA

ὦ τέκν', ὁμαρτεῖτ' ἀθλίωι μητρὸς ποδὶ
πατρῶιον ἐς μέλαθρον, οὗ τῆς οὐσίας
ἄλλοι κρατοῦσι, τὸ δ' ὄνομ' ἔσθ' ἡμῶν ἔτι.

ΑΜΦΙΤΡΥΩΝ

ὦ Ζεῦ, μάτην ἄρ' ὁμόγαμόν σ' ἐκτησάμην,
μάτην δὲ παιδὸς κοινεῶν' ἐκλήιζομεν·   340
σὺ δ' ἦσθ' ἄρ' ἧσσον ἢ 'δόκεις εἶναι φίλος.
ἀρετῆι σε νικῶ θνητὸς ὢν θεὸν μέγαν·
παῖδας γὰρ οὐ προύδωκα τοὺς Ἡρακλέους.
σὺ δ' ἐς μὲν εὐνὰς κρύφιος ἠπίστω μολεῖν,
τἀλλότρια λέκτρα δόντος οὐδενὸς λαβών,   345
σώιζειν δὲ τοὺς σοὺς οὐκ ἐπίστασαι φίλους.
ἀμαθής τις εἶ θεὸς ἢ δίκαιος οὐκ ἔφυς.

MÉGARA

Rogo acrescentes um favor a mais
para nós dois: permite que eu coloque
o adorno funerário nos garotos,
desobstruindo os gonzos do palácio: 330
recebam o quinhão da casa pátria!

LICO

Tens o meu sim: "Abri as trancas, fâmulos!"

[Os servos de Lico abrem as portas]

Recamai-vos com túnicas no paço!
Aos corpos que revir em paramentos,
ofertarei os ínferos do abismo.   335

[Lico e seu séquito saem]

MÉGARA

Meninos míseros, segui-me paço
avoengo adentro. Já não possuímos
bens, mas o nome ainda nos convém.

[Mégara e seus filhos saem do altar e entram na casa]

ANFÍTRION

Nada valeu, Cronida, partilharmos
mulher e sermos pais do mesmo filho.   340
Tinha a impressão de que eras um amigo,
mas eu supero o súpero no mérito,
pois que não reneguei os heraclidas.
Sabias subir à minha cama oculto,
usurpador de um dom que ninguém deu!   345
Ignoras o resgate de entes caros,
um deus obtuso, injusto de natura.

ΧΟΡΟΣ

αἴλινον μὲν ἐπ᾽ εὐτυχεῖ
μολπᾶι Φοῖβος ἰαχεῖ
τὰν καλλίφθογγον κιθάραν　　　　350
ἐλαύνων πλήκτρωι χρυσέωι·
ἐγὼ δὲ τὸν γᾶς ἐνέρων τ᾽ἐς ὄρφναν
μολόντα παῖδ᾽, εἴτε Διός νιν εἴπω
εἴτ᾽ Ἀμφιτρύωνος ἶνιν,
ὑμνῆσαι στεφάνωμα μό-　　　　355
χθων δι᾽ εὐλογίας θέλω.
γενναίων δ᾽ ἀρεταὶ πόνων
τοῖς θανοῦσιν ἄγαλμα.

πρῶτον μὲν Διὸς ἄλσος
ἠρήμωσε λέοντος,　　　　360
πυρσῶι δ᾽ ἀμφεκαλύφθη
ξανθὸν κρᾶτ᾽ ἐπινωτίσας
δεινοῦ χάσματι θηρός.

τάν τ᾽ ὀρεινόμον ἀγρίων
Κενταύρων ποτὲ γένναν　　　　365
ἔστρωσεν τόξοις φονίοις,
ἐναίρων πτανοῖς βέλεσιν.
ξύνοιδε Πηνειὸς ὁ καλ-
λιδίνας μακραί τ᾽ ἄρου-
ραι πεδίων ἄκαρποι
καὶ Πηλιάδες θεράπναι　　　　370
σύγχορτοί θ᾽ Ὁμόλας ἔναυ-
λοι, πεύκαισιν ὅθεν χέρας

[Anfítrion sai do altar e entra na casa]

CORO

O lamento de Apolo   Estr. 1
segue o canto venturoso, plectro áureo
tangendo a cítara beliecoante;   350
e eu, ao filho,
nos baixios da escuridão subtérrea,
designem-no prole do Cronida,
designem-no filho de Anfítrion,
quero louvá-lo em hinos,   355
coroa da labuta.
A excelência da fadiga altiva
monumentaliza os perecidos.

Começou por esvaziar de leão
o recinto sacro de Zeus.   360
O pelame fulvo recobriu-lhe o dorso
e a fauce da fera funesta
toldou-lhe a cabeça flava.

Seu arco certeiro dizimou   Ant. 1
a linhagem montesa de centauros rústicos,   365
no morticínio aéreo dos venábulos.
Belivoragem do Peneu
o presenciou,
e a imensidão infrutífera dos plainos
e as devesas no sopé do Pélio,
e grotas limítrofes do Hómole,   370
de onde extraíam pinhos
e, a mancheias,

πληροῦντες χθόνα Θεσσάλων
ἱππείαις ἐδάμαζον.

τάν τε χρυσοκάρανον   375
δόρκα ποικιλόνωτον
συλήτειραν ἀγρωστᾶν
κτείνας θηροφόνον θεὰν
Οἰνωᾶτιν ἀγάλλει.

τεθρίππων τ᾽ ἐπέβα   380
καὶ ψαλίοις ἐδάμασσε πώ-
λους Διομήδεος, αἳ φονίαισι φάτ-
ναις ἀχάλιν᾽ ἐθόαζον
κάθαιμα γένυσι σῖτα,
χαρμοναῖσιν ἀνδροβρῶσι   385
δυστράπεζοι· πέραν
δ᾽ ἀργυρορρύτων Ἕβρου
διεπέρασεν ὄχθων,
Μυκηναίωι πονῶν τυράννωι.

ἄν τε Μηλιάδ᾽ ἀκτὰν
Ἀναύρου παρὰ παγὰς   390
Κύκνον ξεινοδαΐκταν
τόξοις ὤλεσεν, Ἀμφαναί-
ας οἰκήτορ᾽ ἄμεικτον.

ὑμνωιδούς τε κόρας
ἤλυθεν ἑσπέριόν <τ᾽> ἐς αὐλὰν   395
χρύσεον πετάλων ἄπο μηλοφόρων
χερὶ καρπὸν ἀμέρξων,
δράκοντα πυρσόνωτον, ὅς <σφ᾽>
ἄπλατον ἀμφελικτὸς ἕλικ᾽ ἐφρούρει,

corcéis acima,
subjugavam o rincão tessálio.

Matador da corça aurigalheira,　　　　　　375
luzilombar,
algoz de campônios,
honrou Ártemis,
nume ferifunesto.

Empunhou rédeas　　　　　　Estr. 2
da quadriga
e domou éguas de Diomedes
(suas mandíbulas trituravam, infrenes,
na carnagem do estábulo,
o rubro repasto —　　　　　　385
regozijo antropófago de anticonvivas).
No esforço em prol do tirano micênio,
cruzou as altas abas do Hebro,
prata ondulando.

Encima o cabo Melíade
nas cercanias do arroio Anauro,　　　　　　390
de onde asseteia Cicno,
alienicida
morador arredio de Anfanea.

Viajor no jardim Oeste,　　　　　　Ant. 2
onde donzelas cantam hinos,　　　　　　395
colheu maçãs de ouro
em galhos frutipensos,
morto o dragão dorsiflâmeo,
salvaguarda inabordável

κτανών· ποντίας θ' ἁλὸς   400
μυχοὺς εἰσέβαινε, θνα-
τοῖς γαλανείας τιθεὶς ἐρετμοῖς.

οὐρανοῦ θ' ὑπὸ μέσσαν
ἐλαύνει χέρας ἕδραν,
Ἄτλαντος δόμον ἐλθών,   405
ἀστρωπούς τε κατέσχεν οἴ-
κους εὐανορίαι θεῶν.

τὸν ἱππευτάν τ' Ἀμαζόνων στρατὸν
Μαιῶτιν ἀμφὶ πολυπόταμον
ἔβα δι' ἄξεινον οἶδμα λίμνας,   410
τίν' οὐκ ἀφ' Ἑλλανίας
ἄγορον ἁλίσας φίλων,
κόρας Ἀρείας πέπλων
χρυσεόστολον φάρος
ζωστῆρος ὀλεθρίους ἄγρας·   415
τὰ κλεινὰ δ' Ἑλλὰς ἔλαβε βαρβάρου κόρας
λάφυρα καὶ σώιζεται Μυκήναις.

τάν τε μυριόκρανον
πολύφονον κύνα Λέρνας   420
ὕδραν ἐξεπύρωσεν,
βέλεσί τ' ἀμφέβαλ' <ἰόν>,
τὸν τρισώματον οἶσιν ἔ-
κτα βοτῆρ' Ἐρυθείας.

δρόμων τ' ἄλλων ἀγάλματ' εὐτυχῆ   425
διῆλθε τόν <τε> πολυδάκρυον
ἔπλευσ' ἐς Ἅιδαν, πόνων τελευτάν,
ἵν' ἐκπεραίνει τάλας

de espirais ampliespiralantes.
No âmago do mar salino,   400
concede calmaria aos remeiros.

Bojo zenital abaixo,
delongou os braços,
em sua estada no solar de Atlas,   405
e susteve com brio
o sólio estelar dos perenes.

Rumo à legião equina de Amazonas,   Estr. 3
rente ao Meótis multicaudaloso,
cruzou o marulho desamigo.   410
Quantos sequazes gregos não congregou
em razão do butim ruinoso —
boldrié de recamo auricolor
na túnica da moça pugnaz?
Nos depósitos micênios,   415
a Hélade preserva o espólio ímpar
da donzela, Amazona adversa.

Cinerou a cadela pluricéfala
multifatal,   420
hidra de Lerna,
e apeçonhou as setas
assassinas do zagal tricorpóreo
de Eritia.

Atravessou ornatos benfazejos   Ant. 3
de sendeiros diversos,
e navegou Hades profusolacrimal adentro
(afã epilogal),

βίοτον οὐδ' ἔβα πάλιν.
στέγαι δ' ἔρημοι φίλων, 430
τὰν δ' ἀνόστιμον τέκνων
Χάρωνος ἐπιμένει πλάτα
βίου κέλευθον ἄθεον ἄδικον· ἐς δὲ σὰς
χέρας βλέπει δώματ' οὐ παρόντος. 435

εἰ δ' ἐγὼ σθένος ἥβων
δόρυ τ' ἔπαλλον ἐν αἰχμᾶι
Καδμείων τε σύνηβοι,
τέκεσιν ἂν προπαρέσταν
ἀλκᾶι· νῦν δ' ἀπολείπομαι 440
τᾶς εὐδαίμονος ἥβας.

ἀλλ' ἐσορῶ γὰρ τούσδε φθιμένων
ἔνδυτ' ἔχοντας,
τοὺς τοῦ μεγάλου δή ποτε παῖδας
τὸ πρὶν Ἡρακλέους, ἄλοχόν τε φίλην 445
ὑπὸ σειραίοις ποσὶν ἕλκουσαν
τέκνα καὶ γεραιὸν πατέρ' Ἡρακλέους.
δύστηνος ἐγώ,
δακρύων ὡς οὐ δύναμαι κατέχειν
γραίας ὄσσων ἔτι πηγάς. 450

ΜΕΓΑΡΑ
εἶέν· τίς ἱερεύς, τίς σφαγεὺς τῶν δυσπότμων;
[ἢ τῆς ταλαίνης τῆς ἐμῆς ψυχῆς φονεύς;]
ἕτοιμ' ἄγειν τὰ θύματ' εἰς Ἅιδου τάδε.
ὦ τέκν', ἀγόμεθα ζεῦγος οὐ καλὸν νεκρῶν,
ὁμοῦ γέροντες καὶ νέοι καὶ μητέρες. 455
ὦ μοῖρα δυστάλαιν' ἐμή τε καὶ τέκνων

onde, infeliz, conclui a existência sem retorno.
Sua morada de amigos se esvazia, 430
Caronte espera, remo em punho,
pelo percurso da vida dos meninos,
vazio de nume, vazio de justiça.
O paço mira tuas mãos ausentes. 435

Gozara do vigor jovial,
brandira o gládio no acme do prélio,
ladeando cadmeus coetâneos,
meu rompante salvara os filhos!
Meu hoje tolhe-me do riso de *hebe* — a juventude. 440

> *[Anfítrion, Mégara e as crianças entram no altar,
> vestidos para o funeral]*

Mas descortino em paramento mortuário Ep.
a prole de Héracles, outrora magno.
Na trela de seus passos,
Mégara arrasta-a
e ao ancestre Anfítrion. 445
Tamanho dissabor impede-me
conter o pranto,
aos borbotões, pupilas senis
abaixo. 450

MÉGARA

Ai! Que ministro imola meus meninos?
Quem assassina o alento de alguém triste?
As vítimas já pisam — quase! — o Hades.
Horrendo ajuntamento cadavérico,
ó filhos: mães, idosos e rapazes! 455
Ó moira amarga a minha e dos rebentos

τῶνδ', οὓς πανύστατ' ὄμμασιν προσδέρκομαι.
ἐτέκομεν ὑμᾶς, πολεμίοις δ' ἐθρεψάμην
ὕβρισμα κἀπίχαρμα καὶ διαφθοράν.
φεῦ·
ἦ πολύ γε δόξης ἐξέπεσον εὐέλπιδος, 460
ἣν πατρὸς ὑμῶν ἐκ λόγων ποτ' ἤλπισα.
σοὶ μὲν γὰρ Ἄργος ἔνεμ' ὁ κατθανὼν πατήρ,
Εὐρυσθέως δ' ἔμελλες οἰκήσειν δόμους
τῆς καλλικάρπου κράτος ἔχων Πελασγίας,
στολήν τε θηρὸς ἀμφέβαλλε σῶι κάραι 465
λέοντος, ᾗπερ αὐτὸς ἐξωπλίζετο.
σὺ δ' ἦσθα Θηβῶν τῶν φιλαρμάτων ἄναξ
ἔγκληρα πεδία τἀμὰ γῆς κεκτημένος,
ὡς ἐξέπειθες τὸν κατασπείραντά σε,
ἐς δεξιάν τε σὴν ἀλεξητήριον 470
ξύλον καθίει δαίδαλον, ψευδῆ δόσιν.
σοὶ δ' ἣν ἔπερσε τοῖς ἑκηβόλοις ποτὲ
τόξοισι δώσειν Οἰχαλίαν ὑπέσχετο.
τρεῖς δ' ὄντας <ὑμᾶς> τριπτύχοις τυραννίσιν
πατὴρ ἐπύργου, μέγα φρονῶν εὐανδρίαι. 475
ἐγὼ δὲ νύμφας ἠκροθινιαζόμην
κήδη συνάψουσ' ἔκ τ' Ἀθηναίων χθονὸς
Σπάρτης τε Θηβῶν θ', ὡς ἀνημμένοι κάλωις
πρυμνησίοισι βίον ἔχοιτ' εὐδαίμονα.
καὶ ταῦτα φροῦδα· μεταβαλοῦσα δ' ἡ τύχη 480
νύμφας μὲν ὑμῖν Κῆρας ἀντέδωκ' ἔχειν,
ἐμοὶ δὲ δάκρυα λουτρὰ δυστήνωι φέρειν.
πατὴρ δὲ πατρὸς ἑστιᾶι γάμους ὅδε,
Ἅιδην νομίζων πενθερόν, κῆδος πικρόν.
ὤμοι, τίν' ὑμῶν πρῶτον ἢ τίν' ὕστατον 485
πρὸς στέρνα θῶμαι; τῶι προσαρμόσω στόμα;
τίνος λάβωμαι; πῶς ἂν ὡς ξουθόπτερος

a quem remiro no momento extremo!
Para o assassínio, vilipêndio e júbilo
dos inimigos, eu vos trouxe ao mundo.
Ah!
Tombo sem a ilusão da expectativa, 460
expectativa das promessas de Héracles.
Do pai defunto receberas Argos,
já quase teu o paço Euristeu,
rei da Pelásgia, belos frutos. Punha
a pele do leão com que se armava 465
em tua cabeça. Líder dos tebanos
amantes de corcéis, receberias
a herança da planície em que nasci,
pois convenceras já teu genitor.
Lavor dedálio, te entregava a clava 470
tutelar, pseudo-dádiva, sem préstimo.
Prometeu-te a dádiva da Ecália,
saqueada por sua seta longiaguda.
Por serdes três, o pai torreou com reinos
a trinca, jubiloso de viris. 475
Selecionei donzelas para as núpcias,
tebaicas e atenienses de nascença,
moças de Esparta. Amarração de popa,
tal qual, o liame alegraria a vida.
Tudo se esvai. A sina, num regiro, 480
vos oferece em troca a mão das Queres
e para mim o pranto, não lustral.
E a festa de esponsais o avô oferta:
o sogro é o Hades, aliança tétrica.
Em terno abraço a quem do terno estreito 485
inicialmente? A qual dos três por último?
Em quem darei meu beijo? Ah! se eu pudesse,

μέλισσα συνενέγκαιμ' ἂν ἐκ πάντων γόους,
ἐς ἓν δ' ἐνεγκοῦσ' ἀθρόον ἀποδοίην δάκρυ;
ὦ φίλτατ', εἴ τις φθόγγος εἰσακούεται   490
θνητῶν παρ' Ἅιδηι, σοὶ τάδ', Ἡράκλεις, λέγω·
θνήισκει πατὴρ σὸς καὶ τέκν', ὄλλυμαι δ' ἐγώ,
ἣ πρὶν μακαρία διὰ σ' ἐκληιζόμην βροτοῖς.
ἄρηξον, ἐλθέ· καὶ σκιὰ φάνηθί μοι.
ἅλις γὰρ ἐλθὼν κἂν ὄναρ γένοιο σύ·   495
κακοὶ γάρ εἰσιν οἳ τέκνα κτείνουσι σά.

ΑΜΦΙΤΡΥΩΝ
σὺ μὲν τὰ νέρθεν εὐτρεπῆ ποιοῦ, γύναι·
ἐγὼ δὲ σ', ὦ Ζεῦ, χεῖρ' ἐς οὐρανὸν δικὼν
αὐδῶ, τέκνοισιν εἴ τι τοισίδ' ὠφελεῖν
μέλλεις, ἀμύνειν, ὡς τάχ' οὐδὲν ἀρκέσεις.   500
καίτοι κέκλησαι πολλάκις· μάτην πονῶ·
θανεῖν γάρ, ὡς ἔοικ', ἀναγκαίως ἔχει.
ἀλλ', ὦ γέροντες, σμικρὰ μὲν τὰ τοῦ βίου,
τοῦτον δ' ὅπως ἥδιστα διαπεράσατε
ἐξ ἡμέρας ἐς νύκτα μὴ λυπούμενοι.   505
ὡς ἐλπίδας μὲν ὁ χρόνος οὐκ ἐπίσταται
σώιζειν, τὸ δ' αὑτοῦ σπουδάσας διέπτατο.
ὁρᾶτ' ἔμ' ὅσπερ ἦ περίβλεπτος βροτοῖς
ὀνομαστὰ πράσσων, καί μ' ἀφείλεθ' ἡ τύχη
ὥσπερ πτερὸν πρὸς αἰθέρ' ἡμέραι μιᾶι.   510
ὁ δ' ὄλβος ὁ μέγας ἥ τε δόξ' οὐκ οἶδ' ὅτωι
βέβαιός ἐστι. χαίρετ'· ἄνδρα γὰρ φίλον
πανύστατον νῦν, ἥλικες, δεδόρκατε.

abelha pteroflava, recolher
as lágrimas de todos e adensá-las
numa! Se no Hades chega a voz humana,   490
escuta o que ora falo, amado Héracles:
morre teu pai, teus filhos, eu sucumbo,
alguém de quem dizias ser feliz!
Na forma onírica do simulacro
ou sombra, vem! Ajuda, pois são pérfidos   495
os carniceiros contra os teus meninos!

ANFÍTRION
Não deixes de rogar, senhora, aos ínferos,
enquanto eu ergo as mãos ao céu: Cronida,
tens a intenção de socorrer os três?
Inútil tua ajuda, se tardia.   500
As preces se desdobram; sofro em vão,
pois que morrer parece inevitável.
A vida, anciãos, é breve. Urge cruzá-la
em gozo do prazer possível, noite
adentro e dia, livre de agonia.   505
O tempo não preserva expectativas,
mas voa lúcido ao que lhe é intrínseco.
Hás de reconhecer em mim alguém
que teve um nome, autor de enormes feitos,
mas a sorte os levou, qual pena ao vento.   510
Não sei de alguém que tenha preservado
fortuna e fama sempre. Nunca mais
vereis, coetâneos, quem vos diz adeus!

[Entra Héracles]

ΜΕΓΑΡΑ

ἔα·

ὦ πρέσβυ, λεύσσω τἀμὰ φίλτατ', ἢ τί φῶ;

ΑΜΦΙΤΡΥΩΝ

οὐκ οἶδα, θύγατερ· ἀφασία δὲ κἄμ' ἔχει.   515

ΜΕΓΑΡΑ

ὅδ' ἐστὶν ὃν γῆς νέρθεν εἰσηκούομεν,
εἰ μή γ' ὄνειρον ἐν φάει τι λεύσσομεν.
τί φημί; ποῖ' ὄνειρα κηραίνουσ' ὁρῶ;
οὐκ ἔσθ' ὅδ' ἄλλος ἀντὶ σοῦ παιδός, γέρον.
δεῦρ', ὦ τέκν', ἐκκρίμνασθε πατρώιων πέπλων,   520
ἴτ' ἐγκονεῖτε, μὴ μεθῆτ', ἐπεὶ Διὸς
σωτῆρος ὑμῖν οὐδέν ἐσθ' ὅδ' ὕστερος.

ΗΡΑΚΛΗΣ

ὦ χαῖρε μέλαθρον πρόπυλά θ' ἑστίας ἐμῆς,
ὡς ἄσμενός σ' ἐσεῖδον ἐς φάος μολών.
ἔα· τί χρῆμα; τέκν' ὁρῶ πρὸ δωμάτων   525
στολμοῖσι νεκρῶν κρᾶτας ἐξεστεμμένα
ὄχλωι τ' ἐν ἀνδρῶν τὴν ἐμὴν ξυνάορον
πατέρα τε δακρύοντα συμφορὰς τίνας;
φέρ' ἐκπύθωμαι τῶνδε πλησίον σταθείς·
γύναι, τί καινὸν ἦλθε δώμασιν χρέος;   530

ΜΕΓΑΡΑ

ὦ φίλτατ' ἀνδρῶν

ΑΜΦΙΤΡΥΩΝ

ὦ φάος μολὼν πατρί

MÉGARA
Ah!
O que dizer? Vislumbro quem mais amo?

ANFÍTRION
Também a mim, querida, falta a v-o-z...   515

MÉGARA
É quem diziam habitar o ínfero
ou fantasmagoria em pleno dia?
Mas quem discirno, ó coração onírico?
Não, não é outro ser senão teu filho!
Meninos — sus! — rodeai o peplo de Héracles!   520
Depressa! Agora! Não deixeis que vá,
pois que, *sotério*, como Zeus, vos livra!

HÉRACLES
Cumprimento o solar, umbral, lareira,
mal me contenho no fulgor da volta.
Mas não entendo: os filhos lar afora,   525
coroados de guirlandas funerárias?
Um grupo de homens ao redor de Mégara,
meu pai imerso em pranto... Que desgraça!
Exijo que se aclare o que se passa!
Que fato inesperado assola o paço?   530

[*Héracles se aproxima da casa. As crianças correm até ele*]

MÉGARA
Ó meu querido esposo...

ANFÍTRION
Ó luz advinda ao pai...

ΜΕΓΑΡΑ

ἥκεις, ἐσώθης εἰς ἀκμὴν ἐλθὼν φίλοις;

ΗΡΑΚΛΗΣ

τί φήις; τίν' ἐς ταραγμὸν ἥκομεν, πάτερ;

ΜΕΓΑΡΑ

διωλλύμεσθα· σὺ δέ, γέρον, σύγγνωθί μοι,
εἰ πρόσθεν ἥρπασ' ἃ σὲ λέγειν πρὸς τόνδ' ἐχρῆν·   535
τὸ θῆλυ γάρ πως μᾶλλον οἰκτρὸν ἀρσένων,
καὶ τἄμ' ἔθνηισκε τέκν', ἀπωλλύμην δ' ἐγώ.

ΗΡΑΚΛΗΣ

Ἄπολλον, οἵοις φροιμίοις ἄρχηι λόγου.

ΜΕΓΑΡΑ

τεθνᾶσ' ἀδελφοὶ καὶ πατὴρ οὑμὸς γέρων.

ΗΡΑΚΛΗΣ

πῶς φήις; τί δράσας ἢ μόρου ποίου τυχών;   540

ΜΕΓΑΡΑ

Λύκος σφ' ὁ καινὸς γῆς ἄναξ διώλεσεν.

ΗΡΑΚΛΗΣ

ὅπλοις ἀπαντῶν ἢ νοσησάσης χθονός;

ΜΕΓΑΡΑ

στάσει· τὸ Κάδμου δ' ἑπτάπυλον ἔχει κράτος.

ΗΡΑΚΛΗΣ

τί δῆτα πρὸς σὲ καὶ γέροντ' ἦλθεν φόβος;

MÉGARA

Chegas no instante crucial: nos salva!

HÉRACLES

O que disseste, pai? O que te agita?

MÉGARA

Quase morremos! Me perdoa, ancião,
se me antecipo e tomo tua palavra,   535
mas somos, nós mulheres, vulneráveis,
bem mais que os homens, e já agonizávamos.

HÉRACLES

Apolo! O que pretendes relatar?

MÉGARA

Meu pai morreu, além de meus irmãos.

HÉRACLES

Será que ouvi direito? O que os matou?   540

MÉGARA

O algoz foi Lico, o novo rei daqui.

HÉRACLES

Houve levante? Em armas Tebas cai?

MÉGARA

Guerra civil. Tem o poder da pólis.

HÉRACLES

Por que o terror atinge a ti e ao velho?

ΜΕΓΑΡΑ

κτείνειν ἔμελλε πατέρα κἀμὲ καὶ τέκνα.   545

ΗΡΑΚΛΗΣ

τί φήις; τί ταρβῶν ὀρφάνευμ' ἐμῶν τέκνων;

ΜΕΓΑΡΑ

μή ποτε Κρέοντος θάνατον ἐκτεισαίατο.

ΗΡΑΚΛΗΣ

κόσμος δὲ παίδων τίς ὅδε νερτέροις πρέπων;

ΜΕΓΑΡΑ

θανάτου τάδ' ἤδη περιβόλαι' ἐνήμμεθα.

ΗΡΑΚΛΗΣ

καὶ πρὸς βίαν ἐθνήισκετ'; ὦ τλήμων ἐγώ.   550

ΜΕΓΑΡΑ

φίλων <γ'> ἔρημοι· σὲ δὲ θανόντ' ἠκούομεν.

ΗΡΑΚΛΗΣ

πόθεν δ' ἐς ὑμᾶς ἥδ' ἐσῆλθ' ἀθυμία;

ΜΕΓΑΡΑ

Εὐρυσθέως κήρυκες ἤγγελλον τάδε.

ΗΡΑΚΛΗΣ

τί δ' ἐξελείπετ' οἶκον ἑστίαν τ' ἐμήν;

ΜΕΓΑΡΑ

βίαι, πατὴρ μὲν ἐκπεσὼν στρωτοῦ λέχους   555

MÉGARA

Quase matou a mim, teu pai, teus filhos. 545

HÉRACLES

Amedrontavam-no meus filhos órfãos?

MÉGARA

Temia que vingassem o avô.

HÉRACLES

Que adorno morticida os veste agora?

MÉGARA

Se nos enroupa o invólucro da morte.

HÉRACLES

Céus! Morreríeis violentamente? 550

MÉGARA

Ouvíamos, sem amparo, que eras morto.

HÉRACLES

Qual foi a fonte desse desalento?

MÉGARA

Os núncios de Euristeu o noticiavam.

HÉRACLES

Por que deixaste o abrigo do meu lar?

MÉGARA

Tiram teu pai do leito. Nos forçaram! 555

ΗΡΑΚΛΗΣ

κοὐκ ἔσχεν αἰδὼς τὸν γέροντ᾽ ἀτιμάσαι;

ΜΕΓΑΡΑ

αἰδώς; ἀποικεῖ τῆσδε τῆς θεοῦ πρόσω.

ΗΡΑΚΛΗΣ

οὕτω δ᾽ ἀπόντες ἐσπανίζομεν φίλων;

ΜΕΓΑΡΑ

φίλοι γὰρ εἰσιν ἀνδρὶ δυστυχεῖ τίνες;

ΗΡΑΚΛΗΣ

μάχας δὲ Μινυῶν ἃς ἔτλην ἀπέπτυσαν;   560

ΜΕΓΑΡΑ

ἄφιλον, ἵν᾽ αὖθίς σοι λέγω, τὸ δυστυχές.

ΗΡΑΚΛΗΣ

οὐ ῥίψεθ᾽ Ἅιδου τάσδε περιβολὰς κόμης
καὶ φῶς ἀναβλέψεσθε, τοῦ κάτω σκότου
φίλας ἀμοιβὰς ὄμμασιν δεδορκότες;
ἐγὼ δέ, νῦν γὰρ τῆς ἐμῆς ἔργον χερός,   565
πρῶτον μὲν εἶμι καὶ κατασκάψω δόμους
καινῶν τυράννων, κρᾶτα δ᾽ ἀνόσιον τεμὼν
ῥίψω κυνῶν ἕλκημα· Καδμείων δ᾽ ὅσους
κακοὺς ἐφηῦρον εὖ παθόντας ἐξ ἐμοῦ
τῶι καλλινίκωι τῶιδ᾽ ὅπλωι χειρώσομαι,   570
τοὺς δὲ πτερωτοῖς διαφορῶν τοξεύμασιν
νεκρῶν ἅπαντ᾽ Ἰσμηνὸν ἐμπλήσω φόνου,
Δίρκης τε νᾶμα λευκὸν αἱμαχθήσεται.
τῶι γάρ μ᾽ ἀμύνειν μᾶλλον ἢ δάμαρτι χρὴ

56

HÉRACLES

Não tiveram pudor de desonrá-lo?

MÉGARA

Pudor é um deus que Lico desconhece.

HÉRACLES

Não houve ajuda amiga em minha ausência?

MÉGARA

Ninguém estende a mão ao desgraçado.

HÉRACLES

Cospem no que sofri punindo os mínios?   560

MÉGARA

Repito que o revés não traz amigos.

HÉRACLES

Arrojai da cabeça o adorno do Hades
e erguei a vista em direção à luz,
em lugar de mirar a treva do ínfero!
De minha mão depende o que há de se   565
cumprir: arraso o paço do recém-
-tirano, arranco sua cabeça ímpia,
repasto para os cães. Quanto aos tebanos,
a quem tratei tão bem, os vis, se assim
julgá-los, minhas armas os abatem.   570
Haverá quem, ferido pela seta
alada, enrubre de cruor o Ismeno,
e os que haverão de ensanguentar o branco
Dirce. Quem mais merece proteção

καὶ παισὶ καὶ γέροντι; χαιρόντων πόνοι· 575
μάτην γὰρ αὐτοὺς τῶνδε μᾶλλον ἤνυσα.
καὶ δεῖ μ' ὑπὲρ τῶνδ', εἴπερ οἵδ' ὑπὲρ πατρός,
θνήισκειν ἀμύνοντ'· ἢ τί φήσομεν καλὸν
ὕδραι μὲν ἐλθεῖν ἐς μάχην λέοντί τε
Εὐρυσθέως πομπαῖσι, τῶν δ' ἐμῶν τέκνων 580
οὐκ ἐκπονήσω θάνατον; οὐκ ἄρ' Ἡρακλῆς
ὁ καλλίνικος ὡς πάροιθε λέξομαι.

ΧΟΡΟΣ
δίκαια τοὺς τεκόντας ὠφελεῖν τέκνα
πατέρα τε πρέσβυν τήν τε κοινωνὸν γάμων.

ΑΜΦΙΤΡΥΩΝ
πρὸς σοῦ μέν, ὦ παῖ, τοῖς φίλοις <τ'> εἶναι φίλον 585
τά τ' ἐχθρὰ μισεῖν· ἀλλὰ μὴ 'πείγου λίαν.

ΗΡΑΚΛΗΣ
τί δ' ἐστὶ τῶνδε θᾶσσον ἢ χρεών, πάτερ;

ΑΜΦΙΤΡΥΩΝ
[πολλοὺς πένητας, ὀλβίους δὲ τῶι λόγωι
δοκοῦντας εἶναι συμμάχους ἄναξ ἔχει,
οἳ στάσιν ἔθηκαν καὶ διώλεσαν πόλιν 590
ἐφ' ἁρπαγαῖσι τῶν πέλας, τὰ δ' ἐν δόμοις
δαπάναισι φροῦδα διαφυγόνθ' ὑπ' ἀργίας.]
ὤφθης <δ'> ἐσελθὼν πόλιν· ἐπεὶ δ' ὤφθης, ὅρα
ἐχθροὺς ἀθροίσας μὴ παρὰ γνώμην πέσηις.

ΗΡΑΚΛΗΣ
μέλει μὲν οὐδὲν εἴ με πᾶσ' εἶδεν πόλις· 595
ὄρνιν δ' ἰδών τιν' οὐκ ἐν αἰσίοις ἕδραις

que a esposa, a prole e o pai? Adeus, lavores!   575
Inúteis, se os comparo com os de hoje!
Se pelo pai morriam, deverei
morrer em sua defesa. Que beleza
pode existir em dizimar a hidra,
o leão por Euristeu, se não me empenho   580
pelos meninos? Não faria jus
à fama belivitoriosa de Héracles!

CORO
É justo quem gerou ajude a quem
gerou, ao pai também, à esposa, idem.

ANFÍTRION
É de tua índole amar amigos,   585
odiar os inimigos. Mas, cautela!

HÉRACLES
Onde erro, pai? No afã, me precipito?

ANFÍTRION
O rei se alia à massa desprovida,
embora próspera na parolagem,
uns insurgentes que destroem a urbe   590
com olho no que amealha seu vizinho.
Antigas posses, o ócio as dilapida.
Registram tua vinda. Esperto, evita
o tombo, congregando antagonistas.

HÉRACLES
Nada me importa se um cadmeu me viu;   595
como cruzei, contudo, com um pássaro

ἔγνων πόνον τιν' ἐς δόμους πεπτωκότα,
ὥστ' ἐκ προνοίας κρύφιος εἰσῆλθον χθόνα.

ΑΜΦΙΤΡΥΩΝ

καλῶς· παρελθών νυν πρόσειπέ θ' Ἑστίαν
καὶ δὸς πατρώιοις δώμασιν σὸν ὄμμ' ἰδεῖν.   600
ἥξει γὰρ αὐτὸς σὴν δάμαρτα καὶ τέκνα
ἕλξων φονεύσων κἄμ' ἐπισφάξων ἄναξ.
μένοντι δ' αὐτοῦ πάντα σοι γενήσεται
τῆι τ' ἀσφαλείαι κερδανεῖς· πόλιν δὲ σὴν
μὴ πρὶν ταράξηις πρὶν τόδ' εὖ θέσθαι, τέκνον.   605

ΗΡΑΚΛΗΣ

δράσω τάδ'· εὖ γὰρ εἶπας· εἶμ' ἔσω δόμων.
χρόνωι δ' ἀνελθὼν ἐξ ἀνηλίων μυχῶν
Ἅιδου Κόρης <τ'> ἔνερθεν οὐκ ἀτιμάσω
θεοὺς προσειπεῖν πρῶτα τοὺς κατὰ στέγας.

ΑΜΦΙΤΡΥΩΝ

ἦλθες γὰρ ὄντως δώματ' εἰς Ἅιδου, τέκνον;   610

ΗΡΑΚΛΗΣ

καὶ θῆρά γ' ἐς φῶς τὸν τρίκρανον ἤγαγον.

ΑΜΦΙΤΡΥΩΝ

μάχηι κρατήσας ἢ θεᾶς δωρήμασιν;

ΗΡΑΚΛΗΣ

μάχηι· τὰ μυστῶν δ' ὄργι' εὐτύχησ' ἰδών.

ΑΜΦΙΤΡΥΩΝ

ἦ καὶ κατ' οἴκους ἐστὶν Εὐρυσθέως ὁ θήρ;

em ambiente lúgubre, supondo
revés no meu solar, me ocultarei.

ANFÍTRION

Melhor assim. Saúda a deusa Lar
lá dentro, deixa que te veja o alcácer   600
ancestre. O rei, em carne e osso, arrasta
à morte esposa e filhos, me degola.
Se procederes dessa forma, obténs
o pretendido. Não agites a urbe,
até que a conjuntura favoreça.   605

HÉRACLES

De pleno acordo. Entrarei no paço.
Ao retornar das profundezas sem
sol do Hades e Perséfone, não julgo
impróprio honrar primeiro o deus larário.

ANFÍTRION

Foste efetivamente à casa do Hades?   610

HÉRACLES

Foi de onde resgatei o cão tricéfalo.

ANFÍTRION

Venceste a luta? A deusa deu-te a dádiva?

HÉRACLES

Venci e vi o rito de mistérios.

ANFÍTRION

A fera está no paço de Euristeu?

ΗΡΑΚΛΗΣ

Χθονίας νιν ἄλσος Ἑρμιών τ' ἔχει πόλις. 615

ΑΜΦΙΤΡΥΩΝ

οὐδ' οἶδεν Εὐρυσθεύς σε γῆς ἥκοντ' ἄνω;

ΗΡΑΚΛΗΣ

οὐκ οἶδ', ἵν' ἐλθὼν τἀνθάδ' εἰδείην πάρος.

ΑΜΦΙΤΡΥΩΝ

χρόνον δὲ πῶς τοσοῦτον ἦσθ' ὑπὸ χθονί;

ΗΡΑΚΛΗΣ

Θησέα κομίζων ἐχρόνισ' <ἐξ> Ἅιδου, πάτερ.

ΑΜΦΙΤΡΥΩΝ

καὶ ποῦ 'στιν; ἢ γῆς πατρίδος οἴχεται πέδον; 620

ΗΡΑΚΛΗΣ

βέβηκ' Ἀθήνας νέρθεν ἄσμενος φυγών.
ἀλλ' εἶ' ὁμαρτεῖτ', ὦ τέκν', ἐς δόμους πατρί·
καλλίονές τἄρ' εἴσοδοι τῶν ἐξόδων
πάρεισιν ὑμῖν. ἀλλὰ θάρσος ἴσχετε
καὶ νάματ' ὄσσων μηκέτ' ἐξανίετε, 625
σύ τ', ὦ γύναι μοι, σύλλογον ψυχῆς λαβὲ
τρόμου τε παῦσαι, καὶ μέθεσθ' ἐμῶν πέπλων·
οὐ γὰρ πτερωτὸς οὐδὲ φευξείω φίλους.
ἆ,
οἵδ' οὐκ ἀφιᾶσ' ἀλλ' ἀνάπτονται πέπλων
τοσῷδε μᾶλλον· ὧδ' ἔβητ' ἐπὶ ξυροῦ; 630
ἄξω λαβών γε τούσδ' ἐφολκίδας χεροῖν,
ναῦς δ' ὣς ἐφέλξω· καὶ γὰρ οὐκ ἀναίνομαι

62

HÉRACLES

Em Hermiôn, na gruta de Deméter. 615

ANFÍTRION

Informaste Euristeu de tua subida?

HÉRACLES

Não informei. Vim me inteirar dos fatos.

ANFÍTRION

Por que tanta demora sob a terra?

HÉRACLES

Fui resgatar Teseu do espaço escuro.

ANFÍTRION

Voltou à cidadela natalícia? 620

HÉRACLES

Feliz retorna a Atenas, livre do ínfero.
Segui o pai, meninos, paço adentro:
a entrada mais apraz do que a saída.
Já chega de banhar o rosto em lágrima.
Coragem! Recompõe a mente, Mégara, 625
e para de tremer! Não quero um só
colado às pregas do meu peplo: não
sou ser alado em fuga de quem amo!
Repara:
Em lugar de soltar, os três se aferram
ao peplo. Andastes sobre o fio da lâmina? 630
Feito um navio, com minhas mãos, com ambas,
rebocarei os botes, atentíssimo

θεράπευμα τέκνων. πάντα τἀνθρώπων ἴσα·
φιλοῦσι παῖδας οἵ τ᾽ ἀμείνονες βροτῶν
οἵ τ᾽ οὐδὲν ὄντες· χρήμασιν δὲ διάφοροι·   635
ἔχουσιν, οἱ δ᾽ οὔ· πᾶν δὲ φιλότεκνον γένος.

ΧΟΡΟΣ

ἁ νεότας μοι φίλον· ἄ-
χθος δὲ τὸ γῆρας αἰεὶ
βαρύτερον Αἴτνας σκοπέλων
ἐπὶ κρατὶ κεῖται, βλεφάρων   640
σκοτεινὸν φάος ἐπικαλύψαν.
μή μοι μήτ᾽ Ἀσιήτιδος
τυραννίδος ὄλβος εἴη,
μὴ χρυσοῦ δώματα πλήρη   645
τᾶς ἥβας ἀντιλαβεῖν,
ἃ καλλίστα μὲν ἐν ὄλβωι,
καλλίστα δ᾽ ἐν πενίαι.
τὸ δὲ λυγρὸν φόνιόν τε γῆ-
ρας μισῶ· κατὰ κυμάτων δ᾽   650
ἔρροι μηδέ ποτ᾽ ὤφελεν
θνατῶν δώματα καὶ πόλεις
ἐλθεῖν, ἀλλὰ κατ᾽ αἰθέρ᾽ αἰ-
εὶ πτεροῖσι φορείσθω.

εἰ δὲ θεοῖς ἦν ξύνεσις   655
καὶ σοφία κατ᾽ ἄνδρας,
δίδυμον ἂν ἥβαν ἔφερον,
φανερὸν χαρακτῆρ᾽ ἀρετᾶς
ὅσοισιν μέτα, καὶ θανόντες   660
εἰς αὐγὰς πάλιν ἁλίου

à trinca. Os homens todos se parecem:
amam a prole fracassada ou célebre.
Diferem na abastança ou na carência,   635
mas toda raça é filodescendente.

> *[Héracles, Mégara, Anfítrion e as crianças*
> *saem do altar e entram na casa]*

CORO

Amo o frescor,   Estr. 1
mas, fardo, a velhice sempre
peso maior que o cimo do Etna
sobre a cabeça pousa, eclipsa   640
em treva a fulgidez do olhar.
O reino próspero da Ásia,
o paço penso de dourados,
não valem o que vale a mocidade,   645
belíssima se próspera,
belíssima se pobre.
Desprezo a senectude lúgubre.
Marulho abaixo, suma!
Morada e cidadela humana   650
não frequentara,
entremeada no éter
sempre
no desvizinhar das asas!

Fossem os deuses detentores   Ant. 1
de ciência e lucidez
igual dos homens,
ofertariam dupla mocidade:
sinal luzente da excelência,   660
quem o possuísse,

δισσοὺς ἂν ἔβαν διαύλους,
ἁ δυσγένεια δ᾽ ἁπλοῦν ἂν
εἶχε ζόας βίοτον,
καὶ τῶιδ᾽ ἂν τούς τε κακοὺς ἦν   665
γνῶναι καὶ τοὺς ἀγαθούς,
ἴσον ἅτ᾽ ἐν νεφέλαισιν ἄ-
στρων ναύταις ἀριθμὸς πέλει.
νῦν δ᾽ οὐδεὶς ὅρος ἐκ θεῶν
χρηστοῖς οὐδὲ κακοῖς σαφής,   670
ἀλλ᾽ εἰλισσόμενός τις αἰ-
ὼν πλοῦτον μόνον αὔξει.

οὐ παύσομαι τὰς Χάριτας
ταῖς Μούσαισιν συγκαταμει-
γνύς, ἡδίσταν συζυγίαν.   675
μὴ ζώιην μετ᾽ ἀμουσίας,
αἰεὶ δ᾽ ἐν στεφάνοισιν εἴην·
ἔτι τοι γέρων ἀοιδὸς
κελαδῶ Μναμοσύναν,
ἔτι τὰν Ἡρακλέους   680
καλλίνικον ἀείδω
παρά τε Βρόμιον οἰνοδόταν
παρά τε χέλυος ἑπτατόνου
μολπὰν καὶ Λίβυν αὐλόν.
οὔπω καταπαύσομεν   685
Μούσας αἵ μ᾽ ἐχόρευσαν.

παιᾶνα μὲν Δηλιάδες
<ναῶν> ὑμνοῦσ᾽ ἀμφὶ πύλας
τὸν Λατοῦς εὔπαιδα γόνον,
εἰλίσσουσαι καλλίχοροι·   690
παιᾶνας δ᾽ ἐπὶ σοῖς μελάθροις

morto,
por dupla via à luz do sol retornaria.
Aos herdeiros de linhagem sórdida,
única via pela vida, 665
o que permitiria discernir o bom do ruim,
feito estelário aos navegantes
no périplo das nuvens.
Numes não fixam lindes claros
entre o notável e o nefário. 670
O tempo da vivência é uma espiral
que só incrementa o bem material.

Das Musas nunca apartarei as Graças, Estr. 2
liame de prazer.
Não seja em vida um anti-musa, 675
coroado sempre de guirlandas!
Poeta de eras priscas,
canto Memória,
celebro Héracles,
belo-na-vitória, 680
à ilharga de Baco,
dádiva-do-vinho,
ao som da lira sete-cordas,
da flauta líbia.
Nunca haverei de interromper as Musas, 685
que me norteiam, dançarino.

Nos pórticos dos templos, Ant. 2
delíades
cantam peãs ao filho exímio de Leto,
gira-girando o belicoro. 690
E são peãs que entoarei

κύκνος ὡς γέρων ἀοιδὸς
πολιᾶν ἐκ γενύων
κελαδήσω· τὸ γὰρ εὖ
τοῖς ὕμνοισιν ὑπάρχει.   695
Διὸς ὁ παῖς· τᾶς δ' εὐγενίας
πλέον ὑπερβάλλων <ἀρετᾶι>
μοχθήσας τὸν ἄκυμον
θῆκεν βίοτον βροτοῖς
πέρσας δείματα θηρῶν.   700

ΛΥΚΟΣ

ἐς καιρὸν οἴκων, Ἀμφιτρύων, ἔξω περᾶις·
χρόνος γὰρ ἤδη δαρὸς ἐξ ὅτου πέπλοις
κοσμεῖσθε σῶμα καὶ νεκρῶν ἀγάλμασιν.
ἀλλ' εἶα παῖδας καὶ δάμαρθ' Ἡρακλέους
ἔξω κέλευε τῶνδε φαίνεσθαι δόμων,   705
ἐφ' οἷς ὑπέστητ' αὐτεπάγγελτοι θανεῖν.

ΑΜΦΙΤΡΥΩΝ

ἄναξ, διώκεις μ' ἀθλίως πεπραγότα
ὕβριν θ' ὑβρίζεις ἐπὶ θανοῦσι τοῖς ἐμοῖς·
ἃ χρῆν σε μετρίως, κεἰ κρατεῖς, σπουδὴν ἔχειν.
ἐπεὶ δ' ἀνάγκην προστίθης ἡμῖν θανεῖν,   710
στέργειν ἀνάγκη· δραστέον δ' ἃ σοὶ δοκεῖ.

ΛΥΚΟΣ

ποῦ δῆτα Μεγάρα; ποῦ τέκν' Ἀλκμήνης γόνου;

ΑΜΦΙΤΡΥΩΝ

δοκῶ μὲν αὐτήν, ὡς θύραθεν εἰκάσαι

nos frontais do teu solar,
aedo avoengo, cisne
com lábios de rugas.
Para o hinário sobeja 695
temática propícia.
Ele provém de Zeus,
mas sua virtude vai bastante além da eugenia:
empenhou-se em nos doar a calmaria na vida,
fulminando feras, matriz de paúra. 700

[Entram Anfítrion e Lico e seu séquito]

LICO

Já estava mais no que na hora, Anfítrion,
de abandonar o paço, pois há muito
vestes ornatos fúnebres e peplos.
Mas vai dizer a Mégara e aos filhos
que devem te imitar agora mesmo! 705
De moto próprio, optastes pela morte.

ANFÍTRION

Persegues um coitado como eu
e violentamente violentas
os meus. Tem parcimônia, potentado!
Se o fim que impões é incontornável, não 710
o contornamos. Faze o que quiseres!

LICO

Mas onde estão os heraclidas? Mégara?

ANFÍTRION

Se me é dado sabê-lo aqui de fora...

ΛΥΚΟΣ

τί χρῆμα; δόξης τίνος ἔχεις τεκμήριον;

ΑΜΦΙΤΡΥΩΝ

ἱκέτιν πρὸς ἁγνοῖς Ἑστίας θάσσειν βάθροις   715

ΛΥΚΟΣ

ἀνόνητά γ᾿ ἱκετεύουσαν ἐκσῶσαι βίον.

ΑΜΦΙΤΡΥΩΝ

καὶ τὸν θανόντα γ᾿ ἀνακαλεῖν μάτην πόσιν.

ΛΥΚΟΣ

ὁ δ᾿ οὐ πάρεστιν οὐδὲ μὴ μόληι ποτέ.

ΑΜΦΙΤΡΥΩΝ

οὔκ, εἴ γε μή τις θεῶν ἀναστήσειέ νιν.

ΛΥΚΟΣ

χώρει πρὸς αὐτὴν κἀκκόμιζε δωμάτων.   720

ΑΜΦΙΤΡΥΩΝ

μέτοχος ἂν εἴην τοῦ φόνου δράσας τόδε.

ΛΥΚΟΣ

ἡμεῖς <δ᾿>, ἐπειδὴ σοὶ τόδ᾿ ἔστ᾿ ἐνθύμιον,
οἱ δειμάτων ἔξωθεν ἐκπορεύσομεν
σὺν μητρὶ παῖδας. δεῦρ᾿ ἔπεσθε, πρόσπολοι,
ὡς ἂν σχολὴν λεύσσωμεν ἄσμενοι πόνων.   725

LICO

Saber o quê? Tens algo a me dizer?

ANFÍTRION

No altar de Hestia, Mégara suplica. 715

LICO

Suplica em vão, se quer manter-se viva.

ANFÍTRION

E invoca inutilmente o esposo morto.

LICO

Alguém que não retornará jamais.

ANFÍTRION

Se um nume não restituí-lo ao lume.

LICO

Onde quer que ela esteja, traze-a aqui! 720

ANFÍTRION

Se agisse assim, a ti me associaria.

LICO

Como és um velho cheio de prurido
e eu desconheço o medo, expulso paço
afora mãe e filhos. Me alivia
a conclusão do que retarda. Aios! 725

[Lico e seu séquito saem do altar e entram na casa]

ΑΜΦΙΤΡΥΩΝ

σὺ δ' οὖν ἴθ', ἔρχηι δ' οἷ χρεών· τὰ δ' ἄλλ' ἴσως
ἄλλωι μελήσει. προσδόκα δὲ δρῶν κακῶς
κακόν τι πράξειν. ὦ γέροντες, ἐς καλὸν
στείχει, βρόχοισι δ' ἀρκύων κεκλήισεται
ξιφηφόροισι, τοὺς πέλας δοκῶν κτενεῖν   730
ὁ παγκάκιστος. εἶμι δ', ὡς ἴδω νεκρὸν
πίπτοντ'· ἔχει γὰρ ἡδονὰς θνήισκων ἀνὴρ
ἐχθρὸς τίνων τε τῶν δεδραμένων δίκην.

ΧΟΡΟΣ

— μεταβολὰ κακῶν· μέγας ὁ πρόσθ' ἄναξ   735
πάλιν ὑποστρέφει βίοτον ἐξ Ἅιδα.
ἰὼ δίκα καὶ θεῶν
παλίρρους πότμος.
— ἦλθες χρόνωι μὲν οὗ δίκην δώσεις θανών,   740
ὕβρεις ὑβρίζων εἰς ἀμείνονας σέθεν.
— χαρμοναὶ δακρύων
ἔδοσαν ἐκβολάς·
πάλιν ἔμολεν, ἃ πάρος οὔποτε δι-   745
ὰ φρενὸς ἤλπισ' ἂν παθεῖν, γᾶς ἄναξ.
— ἀλλ', ὦ γεραιοί, καὶ τὰ δωμάτων ἔσω
σκοπῶμεν, εἰ πράσσει τις ὡς ἐγὼ θέλω.

ΛΥΚΟΣ
    (ἔσωθεν)
ἰώ μοί μοι.

ΧΟΡΟΣ

— τόδε κατάρχεται μέλος ἐμοὶ κλύειν   750
φίλιον ἐν δόμοις· θάνατος οὐ πόρσω.

ANFÍTRION

Vai aonde é teu destino ir, que não
há de faltar quem cuide do restante!
Mas do teu mal espera o mal que é teu!
Será enredado pelos fios que a espada
entretece, o indecente que imagina   730
o fim do próximo. Já o vejo morto.
Satisfaz a agonia do inimigo,
punido pelos atos que comete.

    [Anfítrion sai e entra na casa]

CORO

Reverte-se o revés. O magno rei   Estr. 1
de antes recobra a vida e volta do Hades.
É justo! A sina contraflui!
Te moves para o tempo em que te punem,
um agressivo agressor de bons.   740
Do júbilo aflorou caudal de lágrimas.
Ele voltou
(ensimesmado, não sonhava
vivenciá-lo),   745
o rei daqui.
Vejamos, velhos, se no paço um certo
alguém padece o que eu quisera tanto.

LICO
    [De dentro]

Socorro!   750

CORO

Provém do paço o exórdio da canção.   Ant. 1
Audição de prazer! A morte acossa-o.

βοᾶι φόνου φροίμιον
στενάζων ἄναξ.

ΛΥΚΟΣ

(ἔσωθεν)

ὦ πᾶσα Κάδμου γαῖ', ἀπόλλυμαι δόλωι.

ΧΟΡΟΣ

— καὶ γὰρ διώλλυς· ἀντίποινα δ' ἐκτίνων   755
τόλμα, διδούς γε τῶν δεδραμένων δίκην.
— τίς ὁ θεοὺς ἀνομίαι χραίνων, θνατὸς ὤν,
ἄφρονα λόγον οὐρανίων μακάρων κατέβαλ'
ὡς ἄρ' οὐ σθένουσιν θεοί;
— γέροντες, οὐκέτ' ἔστι δυσσεβὴς ἀνήρ.   760
σιγᾶι μέλαθρα· πρὸς χοροὺς τραπώμεθα.
[φίλοι γὰρ εὐτυχοῦσιν οὓς ἐγὼ θέλω.]

χοροὶ χοροὶ καὶ θαλίαι
μέλουσι Θήβας ἱερὸν κατ' ἄστυ.
μεταλλαγαὶ γὰρ δακρύων,   765
μεταλλαγαὶ συντυχίας
ἔτεκον <ἔτεκον> ἀοιδάς.
βέβακ' ἄναξ ὁ καινός, ὁ δὲ παλαίτερος
κρατεῖ, λιμένα λιπών γε τὸν Ἀχερόντιον.   770
δοκημάτων ἐκτὸς ἦλθεν ἐλπίς.

θεοὶ θεοὶ τῶν ἀδίκων
μέλουσι καὶ τῶν ὁσίων ἐπάιειν.
ὁ χρυσὸς ἅ τ' εὐτυχία
φρενῶν βροτοὺς ἐξάγεται   775
δύνασιν ἄδικον ἐφέλκων.
χρόνου γὰρ οὔτις ἔτλα τὸ πάλιν εἰσορᾶν·

O rei
brada o prelúdio da carnificina.

LICO

[De dentro]

Tebanos! Dói o dolo que me mata!

CORO

Mas quem seria o algoz senão tu mesmo? 755
Resigna-te a pagar o que nos deves!
Quem, mero humano, maculou os numes,
descarregando a louca parolagem
sobre uranidas: entes vulneráveis?
Senhores, é o fim de um homem ímpio! 760
A casa cala: a dança nos congregue:
como sonhava, meus amigos vencem!

Danças, danças, festividades Estr. 2
entretêm a sagrada cidadela tebana!
Transmuda o pranto, 765
transmuda o acaso,
assoma um som diverso.
O neorregente foi-se, o de antes manda
deixando atrás o porto aquerôntico. 770
A previsão supera a expectativa.

Deuses, deuses Ant. 2
se entretêm no escrutínio de antileis e pios.
Ouro e sucesso
sequestram o homem dos pensares, 775
trazem consigo o poderio indigno.
Ninguém suporta olhar o tempo no seu giro:

νόμον παρέμενος ἀνομίαι χάριν διδοὺς
ἔθραυσεν ὄλβου κελαινὸν ἅρμα.   780

Ἰσμήν' ὦ στεφαναφόρει
ξεσταί θ' ἑπταπύλου πόλεως
ἀναχορεύσατ' ἀγυιαὶ
Δίρκα θ' ἁ καλλιρρέεθρος,
σύν τ' Ἀσωπιάδες κόραι   785
πατρὸς ὕδωρ βᾶτε λιποῦ-
σαι <μοι> συναοιδοὶ
Νύμφαι τὸν Ἡρακλέους
καλλίνικον ἀγῶνα.
Πυθίου δενδρῶτι πέτρα   790
Μουσᾶν θ' Ἑλικωνίδων
δώματα, <ὦ>
αὔξετ' εὐγαθεῖ κελάδωι
ἐμὰν πόλιν, ἐμὰ τείχη,
σπαρτῶν ἵνα γένος ἐφάνθη,
χαλκασπίδων λόχος, ὃς γᾶν   795
τέκνων τέκνοις μεταμείβει,
Θήβαις ἱερὸν φῶς.

ὦ λέκτρων δύο συγγενεῖς
εὐναί, θνατογενοῦς τε καὶ
Διός, ὃς ἦλθεν ἐς εὐνὰν   800
νύμφας τᾶς Περσηίδος· ὡς
πιστόν μοι τὸ παλαιὸν ἤ-
δη λέχος, ὦ Ζεῦ, σὸν ἐπ' οὐκ
ἐλπίδι φάνθη.
λαμπρὰν δ' ἔδειξ' ὁ χρόνος   805
τὰν Ἡρακλέος ἀλκάν·
ὃς γᾶς ἐξέβας θαλάμων

margeando a lei, saudando a antilei,
rebenta o coche turvo de seu júbilo. 780

Guirlandas te coroem, rio Ismeno! Estr. 3
Lustrosos pavimentos da urbe sete-portas,
às primícias do coro dançarino!
Ó Dirce, belo rio,
ó ninfas asopíades, 785
águas paternas para trás,
avançai,
plurilouvor
ao prélio de Héracles, belo-de-vitória!
Pítio, penedo arbóreo, 790
moradia das Musas heliconides,
exalta com teu som que apraz
minha cidade,
meus torreões,
onde espocou a raça de homens semeados:
tropel de escudos brônzeos, 795
herdados pelos pósteros da estirpe,
sacra luz para Tebas.

Ó duplo leito nupcial Ant. 3
de um perecível,
de Zeus 800
que uniu-se à neta de Perseu:
como é veraz o vínculo de outrora,
contrário em sua luz ao esperável!
O tempo evidencia o fulgor
no vigor de Héracles: 805
não mais nas câmaras ctônias,
deixaste o paço dos baixios plutônios.

Πλούτωνος δῶμα λιπὼν νέρτερον.
κρείσσων μοι τύραννος ἔφυς
ἢ δυσγένει᾽ ἀνάκτων,   810
ἃ νῦν ἐσορῶντι φαίνει
ξιφηφόρων ἐς ἀγώνων
ἄμιλλαν εἰ τὸ δίκαιον
θεοῖς ἔτ᾽ ἀρέσκει.

— ἔα ἔα·   815
ἆρ᾽ ἐς τὸν αὐτὸν πίτυλον ἥκομεν φόβου,
γέροντες, οἷον φάσμ᾽ ὑπὲρ δόμων ὁρῶ;
— φυγῆι φυγῆι
νωθὲς πέδαιρε κῶλον, ἐκποδὼν ἔλα.
— ὦναξ Παιάν,   820
ἀπότροπος γένοιό μοι πημάτων.

ΙΡΙΣ

θαρσεῖτε Νυκτὸς τήνδ᾽ ὁρῶντες ἔκγονον
Λύσσαν, γέροντες, κἀμὲ τὴν θεῶν λάτριν
Ἶριν· πόλει γὰρ οὐδὲν ἥκομεν βλάβος,
ἑνὸς δ᾽ ἐπ᾽ ἀνδρὸς δώματα στρατεύομεν,   825
ὅν φασιν εἶναι Ζηνὸς Ἀλκμήνης τ᾽ ἄπο.
πρὶν μὲν γὰρ ἄθλους ἐκτελευτῆσαι πικρούς,
τὸ χρή νιν ἐξέσωιζεν οὐδ᾽ εἴα πατὴρ
Ζεύς νιν κακῶς δρᾶν οὔτ᾽ ἔμ᾽ οὔθ᾽ Ἥραν ποτέ·
ἐπεὶ δὲ μόχθους διεπέρασ᾽ Εὐρυσθέως,   830
Ἥρα προσάψαι κοινὸν αἷμ᾽ αὐτῶι θέλει
παῖδας κατακτείναντι, συνθέλω δ᾽ ἐγώ.
ἀλλ᾽ εἶ᾽ ἄτεγκτον συλλαβοῦσα καρδίαν,
Νυκτὸς κελαινῆς ἀνυμέναιε παρθένε,

Não te comparo, rei,
à antilinhagem de senhores vis,
visível a quem descortina   810
agora
o gládio antagonista em combate,
se o justo ainda toca aos numes.

[Entram voando Lissa, deusa da Loucura, e Íris, mensageira
dos deuses, e aterrisam na cobertura do palácio]

Ai! Ai!   815
Pavor idêntico nos assedia,
anciãos, ao ver fantasma sobre o paço?
Foge! Some!
Soergue a perna lerda e a leva longe!
Peã, senhor,   820
aceita proteger-me do desastre!

[O coro começa a sair, mas para quando Íris se dirige a ele]

ÍRIS
Coragem, velhos! Vislumbrais Loucura,
prole da Noite, vislumbrais a mim,
serva dos numes. Não prejudicamos
a cidadela, vamos contra o lar   825
do filho (dizem) do Cronida e Alcmena.
Antes do fim da faina dos lavores,
o fado o preservou, pois o Cronida
vetava que eu e Hera o trucidássemos.
À conclusão do fardo de Euristeu,   830
Hera deseja que ele se imiscua
no sangue familiar, matando os seus.
Vamos! Reapruma o coração de fibra,
ó filha virginal da Noite escura,

μανίας τ' ἐπ' ἀνδρὶ τῷδε καὶ παιδοκτόνους 835
φρενῶν ταραγμοὺς καὶ ποδῶν σκιρτήματα
ἔλαυνε κίνει, φόνιον ἐξίει κάλων,
ὡς ἂν πορεύσας δι' Ἀχερούσιον πόρον
τὸν καλλίπαιδα στέφανον αὐθέντηι φόνωι
γνῶι μὲν τὸν Ἥρας οἷός ἐστ' αὐτῶι χόλος, 840
μάθηι δὲ τὸν ἐμόν· ἢ θεοὶ μὲν οὐδαμοῦ,
τὰ θνητὰ δ' ἔσται μεγάλα, μὴ δόντος δίκην.

ΛΥΣΣΑ

ἐξ εὐγενοῦς μὲν πατρὸς ἔκ τε μητέρος
πέφυκα, Νυκτὸς Οὐρανοῦ τ' ἀφ' αἵματος·
τιμάς τ' ἔχω τάσδ' οὐκ ἀγασθῆναι φίλοις 845
οὐδ' ἥδομαι φοιτῶσ' ἐπ' ἀνθρώπων φίλους.
παραινέσαι δέ, πρὶν σφαλεῖσαν εἰσιδεῖν,
Ἥραι θέλω σοί τ', ἢν πίθησθ' ἐμοῖς λόγοις.
ἀνὴρ ὅδ' οὐκ ἄσημος οὔτ' ἐπὶ χθονὶ
οὔτ' ἐν θεοῖσιν, οὗ σύ μ' ἐσπέμπεις δόμους· 850
ἄβατον δὲ χώραν καὶ θάλασσαν ἀγρίαν
ἐξημερώσας θεῶν ἀνέστησεν μόνος
τιμὰς πιτνούσας ἀνοσίων ἀνδρῶν ὕπο.
ὥστ' οὐ παραινῶ μεγάλα βουλεῦσαι κακά.

ΙΡΙΣ

μὴ σὺ νουθέτει τά θ' Ἥρας κἀμὰ μηχανήματα. 855

ΛΥΣΣΑ

ἐς τὸ λῶιον ἐμβιβάζω σ' ἴχνος ἀντὶ τοῦ κακοῦ.

ΙΡΙΣ

οὐχὶ σωφρονεῖν γ' ἔπεμψε δεῦρό σ' ἡ Διὸς δάμαρ.

e a turbação do pensamento infanti- 835
algoz, a insensatez, conduze a Héracles!
Seus pés não tenham paz! A sanha inflama!
Pelo Aqueronte os filhos plurilindos,
guirlanda tripla que suas mãos fulminam,
conheça a minha cólera e a de Hera! 840
Se, impune, não sucumbe, o numinoso
então se anula, enquanto o homem prospera.

LOUCURA
É ilustre minha estirpe: tenho sangue
urânico e noturno. Os deuses não
têm simpatia por prerrogativas 845
minhas, e não me agrada frequentar
homens amigos. Se me ouvirdes, Hera,
Íris, evitareis um grande equívoco.
O homem a cuja moradia agora
me envias não é desprezível, terra 850
acima ou entre olímpios. Doma o mar
adverso e o solo intransponível. Só,
restaura a honra divina, que o soez
avilta. Que não sofra em demasia!

ÍRIS
Renegas o que planejei com Hera? 855

LOUCURA
Procuro te indicar um bom caminho.

ÍRIS
Hera de ti não quer a sensatez.

ΛΥΣΣΑ

Ἥλιον μαρτυρόμεσθα δρῶσ' ἃ δρᾶν οὐ βούλομαι.
εἰ δὲ δή μ' Ἥραι θ' ὑπουργεῖν σοί τ' ἀναγκαίως ἔχει,
εἶμί γ'· οὔτε πόντος οὕτω κύμασι στένων λάβρος   860
οὔτε γῆς σεισμὸς κεραυνοῦ τ' οἶστρος ὠδῖνας πνέων
οἷ' ἐγὼ στάδια δραμοῦμαι στέρνον εἰς Ἡρακλέους·
καὶ καταρρήξω μέλαθρα καὶ δόμους ἐπεμβαλῶ,
τέκν' ἀποκτείνασα πρῶτον· ὁ δὲ κανὼν οὐκ εἴσεται
παῖδας οὓς ἔτικτεν ἐναρῶν, πρὶν ἂν ἐμὰς λύσσας ἀφῆι.   865
ἢν ἰδού· καὶ δὴ τινάσσει κρᾶτα βαλβίδων ἄπο
καὶ διαστρόφους ἑλίσσει σῖγα γοργωποὺς κόρας,
ἀμπνοὰς δ' οὐ σωφρονίζει, ταῦρος ὣς ἐς ἐμβολήν,
δεινὰ μυκᾶται δέ. Κῆρας ἀνακαλῶ τὰς Ταρτάρου
τάχος ἐπιρροιβδεῖν ὁμαρτεῖν θ' ὡς κυνηγέτηι κύνας.   870
τάχα σ' ἐγὼ μᾶλλον χορεύσω καὶ καταυλήσω φόβωι.
στεῖχ' ἐς Οὔλυμπον πεδαίρουσ', Ἶρι, γενναῖον πόδα·
ἐς δόμους δ' ἡμεῖς ἄφαντοι δυσόμεσθ' Ἡρακλέους.

ΧΟΡΟΣ

ὀτοτοτοῖ, στέναξον· ἀποκείρεται   875
σὸν ἄνθος πόλεος, ὁ Διὸς ἔκγονος,
μέλεος Ἑλλάς, ἃ τὸν εὐεργέταν
ἀποβαλεῖς ὀλεῖς μανιάσιν λύσσαις
χορευθέντ' ἐναύλοις.
βέβακεν ἐν δίφροισιν ἁ πολύστονος,   880
ἅρμασι δ' ἐνδίδωσι
κέντρον ὡς ἐπὶ λώβαι
Νυκτὸς Γοργὼν ἑκατογκεφάλοις
ὄφεων ἰαχήμασι Λύσσα μαρμαρωπός.
ταχὺ τὸν εὐτυχῆ μετέβαλεν δαίμων,
ταχὺ δὲ πρὸς πατρὸς τέκν' ἐκπνεύσεται.   885

LOUCURA

Sol, vês que agindo assim me contrario?
Impõe-se-me ceder à Hera e Íris.
O mar que brame é ameno, o sismo nada   860
abala, o raio arde pouco diante
do que farei correr no peito de Héracles.
Rompido o teto, o paço ruirá
depois que ele dizime os três meninos.
Só há de conhecer quem trucidou   865
quando minha loucura esmorecer.
Vê como agita a testa na largada
e gira silencioso o olhar de Górgona;
touro que investe e ofega em fúria, muge
terrivelmente. Queres, persegui,   870
rosnai, tais quais sabujos, desde o Tártaro!
O som da flauta te amedronta. Dança!
Ao paço, pois, despercebidamente...

    [Saem Íris e a Loucura]

CORO

Lamúria!   875
Segam a flor de tua cidadela, benefactor
filho do Cronida!
Agrura na Grécia: a flauta soa
e em dança de frenética loucura o perdes.
A plurialgoz se afasta sobre o coche, espora os corcéis   880
com intuito aparente de arruiná-lo,
Górgona da Noite,
Loucura, olhimarmórea,
sibilinas serpes centicéfalas ao redor.
Num zás o demo arruína o venturoso.
Num zás o pai desalenta a ânima dos meninos.   885

ΑΜΦΙΤΡΥΩΝ
(ἔσωθεν)

ἰώ μοι μέλεος.

ΧΟΡΟΣ

ἰὼ Ζεῦ, τὸ σὸν γένος ἄγονον αὐτίκα
λυσσάδες ὠμοβρῶτες ἄδικοι Ποιναὶ
κακοῖσιν ἐκπετάσουσιν.

ΑΜΦΙΤΡΥΩΝ

ἰὼ στέγαι.

ΧΟΡΟΣ

κατάρχεται χορεύματ' ἄτερ τυπάνων
οὐ Βρομίου κεχαρισμένα θύρσωι   890

ΑΜΦΙΤΡΥΩΝ

ἰὼ δόμοι.

ΧΟΡΟΣ

πρὸς αἵματ', οὐχὶ τᾶς Διονυσιάδος
βοτρύων ἐπὶ χεύμασι λοιβᾶς.

ΑΜΦΙΤΡΥΩΝ

φυγῆι, τέκν', ἐξορμᾶτε.

ΧΟΡΟΣ

δάιον τόδε δάιον μέλος ἐπαυλεῖται.   895
κυναγετεῖ τέκνων διωγμόν· οὔποτ' ἄκραντα δόμοισι
Λύσσα βακχεύσει.

ANFÍTRION

[De dentro]

Desgraça!

CORO

Ó Zeus, tua estirpe em breve se extirpa.
Crudifamélicas Vinditas loucas
delongam a ruína, antijustas!

ANFÍTRION

Ai! Moradia!

CORO

Ao tirso dionisíaco ojeriza
a dança que inicia sem o tímpano.   890

ANFÍTRION

Dor! Paço!

CORO

Por sangue há dança e não por sumo de uva
que se deliba dionisiacamente.

ANFÍTRION

Fugi, meninos!

CORO

Queima, requeima o timbre de uma flauta.   895
Persegue a prole. Caça-a. Loucura
dionisará seu ímpeto no paço.

ΑΜΦΙΤΡΥΩΝ

αἰαῖ κακῶν.

ΧΟΡΟΣ

αἰαῖ δῆτα τὸν γεραιὸν ὡς στένω   900
πατέρα τάν τε παιδοτρόφον, <ἇι> μάταν
τέκεα γεννᾶται.
ἰδοὺ ἰδού,
θύελλα σείει δῶμα, συμπίπτει στέγη.   905

ΑΜΦΙΤΡΥΩΝ

ἢ ἤ· τί δρᾶις, ὦ Διὸς παῖ, μελάθρωι;
τάραγμα ταρτάρειον ὡς ἐπ’ Ἐγκελάδωι ποτέ, Παλλάς,
ἐς δόμους πέμπεις.

ΕΞΑΓΓΕΛΟΣ

ὦ λευκὰ γήραι σώματ’   910

ΧΟΡΟΣ

                              ἀνακαλεῖς με τίνα
βοάν;

ΕΞΑΓΓΕΛΟΣ

        ἄλαστα τὰν δόμοισι.

ΧΟΡΟΣ

                              μάντιν οὐχ
ἕτερον ἄξομαι.

ΕΞΑΓΓΕΛΟΣ

τεθνᾶσι παῖδες.

ANFÍTRION

Horror!

CORO

Lamento pelo avô idoso,   900
pela mulher que em vão gerou meninos.
Olha! Repara!
O teto rui
e o paço treme ao vento.   905

ANFÍTRION

Filha de Zeus, que fazes no solar?
Trazes ao paço, Palas, o ataranto
tartáreo, qual fizeras contra Encélado.

> *[Entra o mensageiro]*

MENSAGEIRO

Ó corpos cinzas da velhice!   910

CORO

    Pretendes me dizer o quê
com gritos?

MENSAGEIRO

    Catástrofe — *Álasta*! — no palácio!

CORO

      Prescindo
de outro áugure.

MENSAGEIRO

Morreram os meninos.

ΧΟΡΟΣ

αἰαῖ.

ΕΞΑΓΓΕΛΟΣ

στενάζεθ᾽ ὡς στενακτά.

ΧΟΡΟΣ

δάιοι φόνοι,
δάιοι δὲ τοκέων χέρες.   915

ΕΞΑΓΓΕΛΟΣ

οὐκ ἄν τις εἴποι μᾶλλον ἢ πεπόνθαμεν.

ΧΟΡΟΣ

πῶς παισὶ στενακτὰν ἄταν ἄταν
πατέρος ἀμφαίνεις;
λέγε τίνα τρόπον ἔσυτο θεόθεν ἐπὶ μέλα-
θρα κακὰ τάδε <> τλάμονάς   920
τε παίδων τύχας.

ΕΞΑΓΓΕΛΟΣ

ἱερὰ μὲν ἦν πάροιθεν ἐσχάρας Διὸς
καθάρσι᾽ οἴκων, γῆς ἄνακτ᾽ ἐπεὶ κτανὼν
<ἐξέβαλε> τῶνδε δωμάτων Ἡρακλέης·
χορὸς δὲ καλλίμορφος εἱστήκει τέκνων   925
πατήρ τε Μεγάρα τ᾽, ἐν κύκλωι δ᾽ ἤδη κανοῦν
εἵλικτο βωμοῦ, φθέγμα δ᾽ ὅσιον εἴχομεν.
μέλλων δὲ δαλὸν χειρὶ δεξιᾶι φέρειν,
ἐς χέρνιβ᾽ ὡς βάψειεν, Ἀλκμήνης τόκος
ἔστη σιωπῆι. καὶ χρονίζοντος πατρὸς   930
παῖδες προσέσχον ὄμμ᾽· ὁ δ᾽ οὐκέθ᾽ αὑτὸς ἦν,
ἀλλ᾽ ἐν στροφαῖσιν ὀμμάτων ἐφθαρμένος

CORO

Ai!

MENSAGEIRO

Execra o execrável!

CORO

Cruor inflama!
As mãos do pai inflamam! 915

MENSAGEIRO

Não cabe num relato o sofrimento.

CORO

Mas como o pai, um disparate, *ate*!,
ate!, matou os filhos?
Deuses assolam o solar. Mas como
impingem o revés 920
nos três meninos?

MENSAGEIRO

Para purgar o lar, depõem as vítimas
no altar de Zeus, pois Héracles matara
e refugara paço afora o rei
daqui. Um coro beliforme se 925
compõe: o velho, Mégara e os filhos.
O cesto circundara o altar. Calávamos.
Prestes a mergulhar a tocha na água
lustral, o Alcmênida parou, calado.
Os filhos escrutavam-no hesitante, 930
pois ele se transfigurara: a vista
esgazeava na explosão sangrenta

89

ῥίζας τ' ἐν ὄσσοις αἱματῶπας ἐκβαλὼν
ἀφρὸν κατέσταζ' εὔτριχος γενειάδος.
ἔλεξε δ' ἅμα γέλωτι παραπεπληγμένωι·   935
Πάτερ, τί θύω πρὶν κτανεῖν Εὐρυσθέα
καθάρσιον πῦρ καὶ πόνους διπλοῦς ἔχω;
ἔργον μιᾶς μοι χειρὸς εὖ θέσθαι τάδε.
ὅταν δ' ἐνέγκω δεῦρο κρᾶτ' Εὐρυσθέως
ἐπὶ τοῖσι νῦν θανοῦσιν ἁγνιῶ χέρας.   940
ἐκχεῖτε πηγάς, ῥίπτετ' ἐκ χειρῶν κανᾶ.
τίς μοι δίδωσι τόξα; τίς <δ'> ὅπλον χερός;
πρὸς τὰς Μυκήνας εἶμι· λάζυσθαι χρεὼν
μοχλοὺς δικέλλας θ' ὥστε Κυκλώπων βάθρα
φοίνικι κανόνι καὶ τύκοις ἡρμοσμένα   945
στρεπτῶι σιδήρωι συντριαινῶσαι πάλιν.
ἐκ τοῦδε βαίνων ἅρματ' οὐκ ἔχων ἔχειν
ἔφασκε δίφρου τ' εἰσέβαινεν ἄντυγα
κἄθεινε, κέντρωι δῆθεν ὡς θείνων, χερί.
διπλοῦς δ' ὀπαδοῖς ἦν γέλως φόβος θ' ὁμοῦ,   950
καί τις τόδ' εἶπεν, ἄλλος εἰς ἄλλον δρακών·
Παίζει πρὸς ἡμᾶς δεσπότης ἢ μαίνεται;
ὁ δ' εἷρπ' ἄνω τε καὶ κάτω κατὰ στέγας,
μέσον δ' ἐς ἀνδρῶν' ἐσπεσὼν Νίσου πόλιν
ἥκειν ἔφασκε, δωμάτων τ' ἔσω βεβὼς   955
κλιθεὶς ἐς οὖδας ὡς ἔχει σκευάζεται
θοίνην. διελθὼν δ' ὡς βραχὺν χρόνον μονῆς
Ἰσθμοῦ ναπαίας ἔλεγε προσβαίνειν πλάκας.
κἀνταῦθα γυμνὸν σῶμα θεὶς πορπαμάτων
πρὸς οὐδέν' ἡμιλλᾶτο κἀκηρύσσετο   960
αὐτὸς πρὸς αὑτοῦ καλλίνικος οὐδενός,
ἀκοὴν ὑπειπών. δεινὰ δ' Εὐρυσθεῖ βρέμων
ἦν ἐν Μυκήναις τῶι λόγωι. πατὴρ δέ νιν
θιγὼν κραταιᾶς χειρὸς ἐννέπει τάδε·

que os vasos oculares esguichavam;
jorrava a baba, barba basta abaixo.
Riso sem siso, diz: "Não obro em dobro,   935
pai, se acender o fogo da catarse
antes de dar um fim em Euristeu?
É fácil, não me esfalfo. Quando vier
com sua cabeça, purificarei
as mãos por quem acabo de matar.   940
Deixai o canastrel, vertei o líquido!
Alguém me traga o arco e a clava já!
Vou a Micenas. Barras e marracos
serão de ajuda em muros que os Ciclopes
ergueram com cinzel e prumo rubro.   945
O ferro curvo tridentino arrasa-as."
Em plena ação, dizia ter um coche,
inexistente, sobre o qual subia.
Ninguém mais vê o relho que ele agita.
Havia pavor no riso dos escravos.   950
Entremirando-se, um deles grita:
"Será que o rei ensandeceu ou brinca?"
Num ziguezague sem destino, entrou
no *andrôn*, recinto masculino. Disse:
"Enfim, eis Niso!". No interior, reclina-se   955
no chão para o preparo (como se)
da refeição. Em sesta (como se),
falou: "Já descortino os vales do Istmo."
Ato contínuo, desfivela as vestes
e investe contra alguém que não havia,   960
se proclamando vencedor de um ser
ausente. Determina então silêncio.
Imaginando-se em Micenas, brame
contra Euristeu. Seu pai lhe toca a mão

Ὦ παῖ, τί πάσχεις; τίς ὁ τρόπος ξενώσεως   965
τῆσδ'; οὔ τί που φόνος σ' ἐβάκχευσεν νεκρῶν
οὓς ἄρτι καίνεις; ὁ δέ νιν Εὐρυσθέως δοκῶν
πατέρα προταρβοῦνθ' ἱκέσιον ψαύειν χερὸς
ὠθεῖ, φαρέτραν δ' εὐτρεπῆ σκευάζεται
καὶ τόξ' ἑαυτοῦ παισί, τοὺς Εὐρυσθέως   970
δοκῶν φονεύειν. οἱ δὲ ταρβοῦντες φόβωι
ὤρουον ἄλλος ἄλλοσ', ἐς πέπλους ὁ μὲν
μητρὸς ταλαίνης, ὁ δ' ὑπὸ κίονος σκιάν,
ἄλλος δὲ βωμὸν ὄρνις ὣς ἔπτηξ' ὕπο.
βοᾶι δὲ μήτηρ· Ὦ τεκών, τί δρᾶις; τέκνα   975
κτείνεις; βοᾶι δὲ πρέσβυς οἰκετῶν τ' ὄχλος.
ὁ δ' ἐξελίσσων παῖδα κίονος κύκλωι
τόρνευμα δεινὸν ποδός, ἐναντίον σταθεὶς
βάλλει πρὸς ἧπαρ· ὕπτιος δὲ λαΐνους
ὀρθοστάτας ἔδευσεν ἐκπνέων βίον.   980
ὁ δ' ἠλάλαξε κἀπεκόμπασεν τάδε·
Εἷς μὲν νεοσσὸς ὅδε θανὼν Εὐρυσθέως
ἔχθραν πατρώιαν ἐκτίνων πέπτωκέ μοι.
ἄλλωι δ' ἐπεῖχε τόξ', ὃς ἀμφὶ βωμίαν
ἔπτηξε κρηπῖδ' ὡς λεληθέναι δοκῶν.   985
φθάνει δ' ὁ τλήμων γόνασι προσπεσὼν πατρὸς
καὶ πρὸς γένειον χεῖρα καὶ δέρην βαλὼν
Ὦ φίλτατ', αὐδᾶι, μή μ' ἀποκτείνηις, πάτερ·
σός εἰμι, σὸς παῖς· οὐ τὸν Εὐρυσθέως ὀλεῖς.
ὁ δ' ἀγριωπὸν ὄμμα Γοργόνος στρέφων,   990
ὡς ἐντὸς ἔστη παῖς λυγροῦ τοξεύματος
μυδροκτύπον μίμημ' ὑπὲρ κάρα βαλὼν
ξύλον καθῆκε παιδὸς ἐς ξανθὸν κάρα,
ἔρρηξε δ' ὀστᾶ. δεύτερον δὲ παῖδ' ἑλὼν
χωρεῖ τρίτον θῦμ' ὡς ἐπισφάξων δυοῖν.   995
ἀλλὰ φθάνει νιν ἡ τάλαιν' ἔσω δόμων

robusta: "O que se passa? Estás estranho!   965
O assassinato há pouco perpetrado
te dionisou?" Pensou que o suplicante
que segurava assim uma das mãos
fosse Euristeu, e não o pai com medo.
Afasta-o. Tira do carcás as setas   970
miradas contra a prole, que imagina
ser de Euristeu. Apavorados, um
buscou o peplo maternal; o irmão,
a sombra do pilar; um se encolheu
como ave sob o altar. "Teus filhos matas?",   975
gritaram todos: mãe, avô e servos.
Gira-girando em torno da coluna,
qual fora um torno, atrás da cria em fuga,
feriu o jovem fígado que, em queda,
enrubra o colunário e a vida exala.   980
Ouviu-se a deblateração triunfal:
"Eis um rebento a menos de Euristeu,
em paga do ódio de Euristeu por mim."
E mira o arco no segundo, não
bastante oculto no sopé do altar.   985
O desgraçado ainda se prostrou
aos joelhos dele, resvalando a barba:
"Pai, ser a quem mais amo, não me mates,
sou eu, não sou um filho de Euristeu!".
Espiralando o olhar cruel de Górgona,   990
perto demais o filho para o tiro,
à guisa de ferreiro, ergueu a clava
e golpeou a cabeleira flava,
esmigalhando os ossos. Para mais
um sacrifício, busca a outra vítima.   995
A mãe do infeliz foi ágil quando

μήτηρ ὑπεκλαβοῦσα καὶ κλήιει πύλας.
ὁ δ' ὡς ἐπ' αὐτοῖς δὴ Κυκλωπίοισιν ὢν
σκάπτει μοχλεύει θύρετρα κἀκβαλὼν σταθμὰ
δάμαρτα καὶ παῖδ' ἑνὶ κατέστρωσεν βέλει.   1.000
κἀνθένδε πρὸς γέροντος ἱππεύει φόνον·
ἀλλ' ἦλθεν, εἰκὼν <δ'> ὡς ὁρᾶν ἐφαίνετο
Παλλάς, κραδαίνουσ' ἔγχος ἐπίλογχον χερί,
κἄρριψε πέτρον στέρνον εἰς Ἡρακλέους,
ὅς νιν φόνου μαργῶντος ἔσχε κἀς ὕπνον   1.005
καθῆκε· πίτνει δ' ἐς πέδον πρὸς κίονα
νῶτον πατάξας, ὃς πεσήμασι στέγης
διχορραγὴς ἔκειτο κρηπίδων ἔπι.
ἡμεῖς δ' ἐλευθεροῦντες ἐκ δρασμῶν πόδα
σὺν τῶι γέροντι δεσμὰ σειραίων βρόχων   1.010
ἀνήπτομεν πρὸς κίον', ὡς λήξας ὕπνου
μηδὲν προσεργάσαιτο τοῖς δεδραμένοις.
εὕδει δ' ὁ τλήμων ὕπνον οὐκ εὐδαίμονα
παῖδας φονεύσας καὶ δάμαρτ'. ἐγὼ μὲν οὖν
οὐκ οἶδα θνητῶν ὅστις ἀθλιώτερος.   1.015

ΧΟΡΟΣ
ὁ φόνος ἦν ὃν Ἀργολὶς ἔχει πέτρα
τότε μὲν περισαμότατος καὶ ἄπιστος
Ἑλλάδι τῶν Δαναοῦ παίδων·
τάδε δ' ὑπερέβαλεν παρέδραμεν τὰ τότε
κακὰ τάλανι διογενεῖ κόρωι.   1.020
μονότεκνον Πρόκνης φόνον ἔχω λέξαι
θυόμενον Μούσαις·
σὺ δὲ τέκνα τρίγον', ὦ δάιε, τεκόμενος
λυσσάδι συγκατειργάσω μοίραι.
αἰαῖ, τίνα στεναγμὸν   1.025

o introduziu no paço. Tranca as portas.
Como se diante do bastião ciclópio,
escava, arranca as portas com batentes,
uma só flecha perfurando esposa   1.000
e filho. Trota insano contra o velho.
Mas lhe desponta um ícone de Palas,
brandindo a lança pontiaguda à mão.
Arroja a pedra contra o peito de Héracles,
que detém a carnagem e o adormece.   1.005
Tomba no chão e o dorso bate em cheio
numa coluna espatifada ao meio
quando ruíra o teto. No alicerce
restara. Nós, desnecessária a fuga,
e o velho reforçamos as amarras   1.010
com que o prendemos no pilar. Desperto,
nada acrescente ao que já fez! O pobre
dorme um sono sem paz, após matar
a esposa e os três meninos. Haverá
mortal a quem as gentes mais lastimem?   1.015

    [Sai o mensageiro]

CORO

O morticínio mais inconcebível na Hélade
havia sido o das danaides rocha acima
em Argos.
Superam-no agora os males
que o filho do Cronida leva a cabo.   1.020
Refiro o fim do filho único
de Procne, em sacrifício às Musas.
Mas tu, ó crudelíssimo,
mataste em moira insana a estirpe tripla.
Ai! Haverá sussurro,   1.025

ἢ γόον ἢ φθιτῶν ᾠδὰν ἢ τίν᾽ Ἀι-
δα χορὸν ἀχήσω;
φεῦ φεῦ·

ἴδεσθε, διάνδιχα κλῆιθρα
κλίνεται ὑψιπύλων δόμων.   1.030
ἰώ μοι·
ἴδεσθε δὲ τέκνα πρὸ πατρὸς
ἄθλια κείμενα δυστάνου,
εὕδοντος ὕπνον δεινὸν ἐκ παίδων φόνου,
περὶ δὲ δεσμὰ καὶ πολύβροχ᾽ ἀμμάτων   1.035
ἐρείσμαθ᾽ Ἡράκλειον
ἀμφὶ δέμας τάδε λαΐνοις
ἀνημμένα κίοσιν οἴκων.

— ὁ δ᾽ ὥς τις ὄρνις ἄπτερον καταστένων
ὠδῖνα τέκνων πρέσβυς ὑστέρωι ποδὶ   1.040
πικρὰν διώκων ἤλυσιν πάρεσθ᾽ ὅδε.

ΑΜΦΙΤΡΥΩΝ

Καδμεῖοι γέροντες, οὐ σῖγα σῖ-
γα τὸν ὕπνωι παρειμένον ἐάσετ᾽ ἐκ-
λαθέσθαι κακῶν;

ΧΟΡΟΣ

κατὰ σὲ δακρύοις στένω, πρέσβυ, καὶ   1.045
τέκεα καὶ τὸ καλλίνικον κάρα.

lamento,
ode funesta,
um coro do Hades que eu ecoe?

    [As portas se abrem e avista-se Héracles, amarrado a um pilar,
    com a mulher e os filhos assassinados a seu redor]

Ai!
Os duplos pórticos do alcácer abrem-se!   1.030
Ai!
As crias cadavéricas já são visíveis
diante do pai que é um traste adormecido,
concluído o assassinato dos meninos.
Em torno de seu corpo,   1.035
um complexo de amarras,
cordas, nós cegos,
que o prende ao colunário pétreo do solar.

    [Entra Anfítrion]

Eis que desponta o velho, ave em pranto
por rebento implume,   1.040
passos tardos movendo áspera jornada.

ANFÍTRION
Silêncio, cádmios!
Não permitis
que em sono olvide seus delitos?

CORO
A ti meu pranto se destina, velho,   1.045
a um ser belinvencível, aos meninos.

ΑΜΦΙΤΡΥΩΝ

ἑκαστέρω πρόβατε, μὴ
κτυπεῖτε, μὴ βοᾶτε, μὴ
τὸν εὕδι᾽ ἰαύονθ᾽ ὑπνώδεά τ᾽ εὐνᾶς   1.050
ἐγείρετε.

ΧΟΡΟΣ

      οἴμοι, φόνος ὅσος ὅδ᾽

ΑΜΦΙΤΡΥΩΝ

                      ἆ ἆ,
διά μ᾽ ὀλεῖτε.

ΧΟΡΟΣ

      κεχυμένος ἐπαντέλλει.

ΑΜΦΙΤΡΥΩΝ

οὐκ ἀτρεμαῖα θρῆνον αἰ-
άξετ᾽, ὦ γέροντες;
ἢ δέσμ᾽ ἀνεγειρόμενος χαλάσας ἀπολεῖ πόλιν,   1.055
ἀπὸ δὲ πατέρα, μέλαθρά τε καταρρήξει.

ΧΟΡΟΣ

ἀδύνατ᾽ ἀδύνατά μοι.

ΑΜΦΙΤΡΥΩΝ

σῖγα, πνοὰς μάθω· φέρε, πρὸς οὖς βάλω.   1.060

ΧΟΡΟΣ

εὕδει;

ANFÍTRION

Silêncio!
Nem mais um pio! Distância!
Não desperteis quem goza do torpor
de Hipnos! 1.050

CORO

　Carnagem sem parâmetro...

ANFÍTRION

　　　Ai!
Quereis que eu perca a vida?

CORO

　... se imiscuiu no chão, de onde avulta!

ANFÍTRION

Os ais! de vosso treno, velhos,
não cederão?
Ou solta as cordas quando acorde, 1.055
anula a urbe e o pai e solapa o solar!

CORO

Refrear, refrear não p-o-s...

ANFÍTRION

Silêncio! Quero ouvir se arfa. 1.060

CORO

Dorme?

ΑΜΦΙΤΡΥΩΝ
ναί, εὕδει
<γ'> ὕπνον ἄυπνον ὀλόμενον ὃς ἔκανεν ἄλο-
χον, ἔκανε δὲ ψαλμῶι τέκεα τοξήρει.

ΧΟΡΟΣ
στέναζέ νυν

ΑΜΦΙΤΡΥΩΝ
στενάζω.

ΧΟΡΟΣ
τέκνων ὄλεθρον   1.065

ΑΜΦΙΤΡΥΩΝ
ὤμοι.

ΧΟΡΟΣ
σέθεν τε παιδός

ΑΜΦΙΤΡΥΩΝ
αἰαῖ.

ΧΟΡΟΣ
ὦ πρέσβυ.

ΑΜΦΙΤΡΥΩΝ
σῖγα σῖγα· παλίντροπος ἐξε-
πεγειρόμενος στρέφεται·
φέρε, ἀπόκρυφον δέμας ὑπὸ μέλαθρον κρύψω.   1.070

ANFÍTRION

Sim.
O sono de um insone abate quem
retesa o arco e elimina os seus.

CORO
Lamenta...

ANFÍTRION

É só o que faço!

CORO
... a matança dos netos...   1.065

ANFÍTRION

Ai!

CORO
... e do filho!

ANFÍTRION

Ai!

CORO
Senhor!

ANFÍTRION

Fica em silêncio!
Psiu, que ele já se estorce ao despertar!
No escuro do solar eu me escureço.   1.070

ΧΟΡΟΣ

θάρσει· νὺξ ἔχει βλέφαρα παιδὶ σῶι.

ΑΜΦΙΤΡΥΩΝ

ὁρᾶθ᾽ ὁρᾶτε. τὸ φάος ἐκ-
λιπεῖν μὲν ἐπὶ κακοῖσιν οὐ
φεύγω τάλας, ἀλλ᾽ εἴ με κανεῖ πατέρ᾽ ὄντα,   1.075
πρὸς δὲ κακοῖς κακὰ μήσε-
ται πρὸς Ἐρινύσι θ᾽ αἷμα
σύγγονον ἕξει.

ΧΟΡΟΣ

τότε θανεῖν σ᾽ ἐχρῆν ὅτε δάμαρτι σᾶι
φόνον ὁμοσπόρων ἔμολες ἐκπράξας,
Ταφίων περίκλυστον ἄστυ πέρσας.   1.080

ΑΜΦΙΤΡΥΩΝ

φυγὰν φυγάν, γέροντες, ἀποπρὸ δωμάτων
διώκετε· φεύγετε μάργον
ἄνδρ᾽ ἐπεγειρόμενον.
<ἢ> τάχα φόνον ἕτερον ἐπὶ φόνωι βαλὼν   1.085
ἀν᾽ αὖ βακχεύσει Καδμείων πόλιν.

ΧΟΡΟΣ

ὦ Ζεῦ, τί παῖδ᾽ ἤχθηρας ὧδ᾽ ὑπερκότως
τὸν σόν, κακῶν δὲ πέλαγος ἐς τόδ᾽ ἤγαγες;

ΗΡΑΚΛΗΣ

ἔα·
ἔμπνους μέν εἰμι καὶ δέδορχ᾽ ἅπερ με δεῖ,
αἰθέρα τε καὶ γῆν τόξα θ᾽ ἡλίου τάδε.   1.090
ὡς <δ᾽> ἐν κλύδωνι καὶ φρενῶν ταράγματι

CORO

A noite vela a vista do teu filho.

ANFÍTRION

Não fujo à luz que me abandone
no acréscimo de males que são meus,
mas se ao ente que sou, seu pai, matar,   1.075
na soma de seus males, males outros projeta
e acresce o sangue cognato
às Fúrias que são suas.

CORO

Tiveras falecido em teu retorno,
vingada a morte dos cunhados! Já
destruíras a urbe táfia circum-ôndulas.   1.080

ANFÍTRION

Fugi! Sumi daqui, senhores, longe
do paço, pois que o insano despertou!
Fugi daqui!
Ou mais matança irrompe da matança,   1.085
quando bacante adentre a urbe cádmia.

CORO

Por que tanta ojeriza pelo filho,
Zeus, e levá-lo ao pélago de horrores?

HÉRACLES

Ah!
Respiro e vejo o que esperava ver:
o céu, a terra, as setas de Hélio-Sol.   1.090
Mas sucumbi a um escarcéu terrível

πέπτωκα δεινῶι καὶ πνοὰς θερμὰς πνέω
μετάρσι', οὐ βέβαια πλευμόνων ἄπο.
ἰδού, τί δεσμοῖς ναῦς ὅπως ὡρμισμένος
νεανίαν θώρακα καὶ βραχίονα   1.095
πρὸς ἡμιθραύστωι λαΐνωι τυκίσματι
ἧμαι, νεκροῖσι γείτονας θάκους ἔχων;
πτερωτὰ δ' ἔγχη τόξα τ' ἔσπαρται πέδωι,
ἃ πρὶν παρασπίζοντ' ἐμοῖς βραχίοσιν
ἔσωιζε πλευρὰς ἐξ ἐμοῦ τ' ἐσώιζετο.   1.100
οὔ που κατῆλθον αὖθις εἰς Ἅιδου πάλιν,
Εὐρυσθέως δίαυλον ἐξ Ἅιδου μολών;
ἀλλ' οὔτε Σισύφειον εἰσορῶ πέτρον
Πλούτωνά τ' οὐδὲ σκῆπτρα Δήμητρος κόρης.
ἔκ τοι πέπληγμαι· ποῦ ποτ' ὢν ἀμηχανῶ;   1.105
ὠή, τίς ἐγγὺς ἢ πρόσω φίλων ἐμῶν,
δύσγνοιαν ὅστις τὴν ἐμὴν ἰάσεται;
σαφῶς γὰρ οὐδὲν οἶδα τῶν εἰωθότων.

ΑΜΦΙΤΡΥΩΝ
γέροντες, ἔλθω τῶν ἐμῶν κακῶν πέλας;

ΧΟΡΟΣ
κἄγωγε σὺν σοί, μὴ προδοὺς τὰς συμφοράς.   1.110

ΗΡΑΚΛΗΣ
πάτερ, τί κλαίεις καὶ συναμπίσχηι κόρας,
τοῦ φιλτάτου σοι τηλόθεν παιδὸς βεβώς;

ΑΜΦΙΤΡΥΩΝ
ὦ τέκνον· εἶ γὰρ καὶ κακῶς πράσσων ἐμός.

que me confunde a mente. Dos pulmões
vem o ar ardente, entrecortadamente.
Por que, feito um navio fundeado, trago
amarras ao redor do braço e tórax   1.095
potente, que me prendem ao pilar
de pedra roto, assim sentado à beira
mortualha? Dardos e arco, outrora égides
que protegiam seu protetor, velando-lhe
o flanco, se dispersam pelo chão.   1.100
Terei refeito a via do Hades, Hades
onde desci por Euristeu? Não vejo
o rochedo de Sísifo, sequer
Plutão, sequer o cetro de Perséfone.
Tudo me aturde, ignoro onde, fraco.   1.105
Algum amigo, aqui ou nas lonjuras,
pode curar-me da agnosia? Não
discirno nada do que é familiar.

ANFÍTRION

De minhas dores, caros, me aproximo?

CORO

Não te abandonarei em tua desgraça.   1.110

HÉRACLES

Por que encobrir a vista, pai, às lágrimas,
tão arredio a teu dileto filho?

ANFÍTRION

Fato nefasto nada muda: és filho!

ΗΡΑΚΛΗΣ

πράσσω δ' ἐγὼ τί λυπρὸν οὗ δακρυρροεῖς;

ΑΜΦΙΤΡΥΩΝ

ἃ κἂν θεῶν τις, εἰ μάθοι, καταστένοι.　　　　1.115

ΗΡΑΚΛΗΣ

μέγας γ' ὁ κόμπος, τὴν τύχην δ' οὔπω λέγεις.

ΑΜΦΙΤΡΥΩΝ

ὁρᾶις γὰρ αὐτός, εἰ φρονῶν ἤδη κυρεῖς.

ΗΡΑΚΛΗΣ

εἴπ' εἴ τι καινὸν ὑπογράφηι τὠμῶι βίωι.

ΑΜΦΙΤΡΥΩΝ

εἰ μηκέθ' Ἅιδου βάκχος εἶ, φράσαιμεν ἄν.

ΗΡΑΚΛΗΣ

παπαῖ, τόδ' ὡς ὕποπτον ἡινίξω πάλιν.　　　　1.120

ΑΜΦΙΤΡΥΩΝ

καί σ' εἰ βεβαίως εὖ φρονεῖς ἤδη σκοπῶ.

ΗΡΑΚΛΗΣ

οὐ γάρ τι βακχεύσας γε μέμνημαι φρένας.

ΑΜΦΙΤΡΥΩΝ

λύσω, γέροντες, δεσμὰ παιδός, ἢ τί δρῶ;

ΗΡΑΚΛΗΣ

καὶ τόν γε δήσαντ' εἴπ'· ἀναινόμεσθα γάρ.

HÉRACLES

O que é que eu fiz para chorares tanto?

ANFÍTRION

O que, se um deus soubesse, choraria.   1.115

HÉRACLES

Mas, eloquente, a minha sina calas.

ANFÍTRION

Verás, se te assenhoras já do espírito.

HÉRACLES

Revela o que insinuas tão somente!

ANFÍTRION

Direi, se não és mais bacante do Hades.

HÉRACLES

Me inquieta que repitas teus enigmas.   1.120

ANFÍTRION

Só verifico se já pensas bem.

HÉRACLES

Não trago pensamentos dionisíacos.

ANFÍTRION

Devo soltá-lo, velhos, das amarras?

HÉRACLES

Que humilhação! Quem foi que me prendeu?

ΑΜΦΙΤΡΥΩΝ
τοσοῦτον ἴσθι τῶν κακῶν, τὰ δ᾽ ἄλλ᾽ ἔα. 1.125

ΗΡΑΚΛΗΣ
ἀρκεῖ σιωπῇ γὰρ μαθεῖν ὃ βούλομαι;

ΑΜΦΙΤΡΥΩΝ
ὦ Ζεῦ, παρ᾽ Ἥρας ἆρ᾽ ὁρᾷς θρόνων τάδε;

ΗΡΑΚΛΗΣ
ἀλλ᾽ ἦ τι κεῖθεν πολέμιον πεπόνθαμεν;

ΑΜΦΙΤΡΥΩΝ
τὴν θεὸν ἐάσας τὰ σὰ περιστέλλου κακά.

ΗΡΑΚΛΗΣ
ἀπωλόμεσθα· συμφορὰν λέξεις τινά. 1.130

ΑΜΦΙΤΡΥΩΝ
ἰδού, θέασαι τάδε τέκνων πεσήματα.

ΗΡΑΚΛΗΣ
οἴμοι· τίν᾽ ὄψιν τήνδε δέρκομαι τάλας;

ΑΜΦΙΤΡΥΩΝ
ἀπόλεμον, ὦ παῖ, πόλεμον ἔσπευσας τέκνοις.

ΗΡΑΚΛΗΣ
τί πόλεμον εἶπας; τούσδε τίς διώλεσεν;

ΑΜΦΙΤΡΥΩΝ
σὺ καὶ σὰ τόξα καὶ θεῶν ὃς αἴτιος. 1.135

ANFÍTRION

Aceita o mal presente e deixa o resto!   1.125

HÉRACLES

Encontro o que procuro em teu silêncio?

ANFÍTRION

Zeus, descortinas tudo ao lado de Hera?

HÉRACLES

É de onde se origina a hostilidade?

ANFÍTRION

Evita Hera, atenta ao teu revés!

HÉRACLES

Morri; é o que estás prestes a dizer.   1.130

ANFÍTRION

Olha no chão os corpos dos meninos!

HÉRACLES

Não posso crer! O que me vem à vista?

ANFÍTRION

Guerreaste uma antiguerra contra os filhos.

HÉRACLES

Guerra? Não entendi! Quem os matou?

ANFÍTRION

Tu mesmo, o arco e o nume responsável.   1.135

ΗΡΑΚΛΗΣ
τί φήις; τί δράσας; ὦ κάκ' ἀγγέλλων πάτερ.

ΑΜΦΙΤΡΥΩΝ
μανείς· ἐρωτᾶις δ' ἄθλι' ἑρμηνεύματα.

ΗΡΑΚΛΗΣ
ἦ καὶ δάμαρτός εἰμ' ἐγὼ φονεὺς ἐμῆς;

ΑΜΦΙΤΡΥΩΝ
μιᾶς ἅπαντα χειρὸς ἔργα σῆς τάδε.

ΗΡΑΚΛΗΣ
αἰαῖ· στεναγμῶν γάρ με περιβάλλει νέφος.   1.140

ΑΜΦΙΤΡΥΩΝ
τούτων ἕκατι σὰς καταστένω τύχας.

ΗΡΑΚΛΗΣ
ἦ γὰρ συνήραξ' οἶκον ἀβάκχευσ' ἐμόν;

ΑΜΦΙΤΡΥΩΝ
οὐκ οἶδα πλὴν ἕν· πάντα δυστυχεῖ τὰ σά.

ΗΡΑΚΛΗΣ
ποῦ δ' οἶστρος ἡμᾶς ἔλαβε; ποῦ διώλεσεν;

ΑΜΦΙΤΡΥΩΝ
ὅτ' ἀμφὶ βωμὸν χεῖρας ἡγνίζου πυρί.   1.145

ΗΡΑΚΛΗΣ
οἴμοι· τί δῆτα φείδομαι ψυχῆς ἐμῆς

HÉRACLES

O que anuncias, pai? Que mal fiz eu?

ANFÍTRION

Enlouqueceste! Indagas teu sofrer.

HÉRACLES

Fui matador também da minha esposa?

ANFÍTRION

A mão de mais ninguém fez o que fez.

HÉRACLES

Uma nuvem me estreita com lamentos.   1.140

ANFÍTRION

Por isso é que eu lamento a tua sina.

HÉRACLES

Feito bacante, aniquilei meu lar?

ANFÍTRION

Eis o que sei: tudo que é teu se arruína.

HÉRACLES

Onde sofri o ataque tão terrível?

ANFÍTRION

Depuravas as mãos à beira-altar.   1.145

HÉRACLES

Fará sentido preservar a vida

τῶν φιλτάτων μοι γενόμενος παίδων φονεύς;
οὐκ εἶμι πέτρας λισσάδος πρὸς ἅλματα
ἢ φάσγανον πρὸς ἧπαρ ἐξακοντίσας
τέκνοις δικαστὴς αἵματος γενήσομαι,   1.150
ἢ σάρκα τὴν ἐμὴν ἐμπρήσας πυρὶ
δύσκλειαν ἢ μένει μ' ἀπώσομαι βίου;

ἀλλ' ἐμποδών μοι θανασίμων βουλευμάτων
Θησεὺς ὅδ' ἕρπει συγγενὴς φίλος τ' ἐμός.
ὀφθησόμεσθα καὶ τεκνοκτόνον μύσος   1.155
ἐς ὄμμαθ' ἥξει φιλτάτωι ξένων ἐμῶν.
οἴμοι, τί δράσω; ποῖ κακῶν ἐρημίαν
εὕρω, πτερωτὸς ἢ κατὰ χθονὸς μολών;
φέρ', ἀμφὶ κρατὶ περιβάλω <πέπλων> σκότον.
αἰσχύνομαι γὰρ τοῖς δεδραμένοις κακοῖς,   1.160
καὶ τῶιδε προστρόπαιον αἷμα προσβαλὼν
οὐδὲν κακῶσαι τοὺς ἀναιτίους θέλω.

ΘΗΣΕΥΣ
ἥκω σὺν ἄλλοις, οἳ παρ' Ἀσωποῦ ῥοὰς
μένουσιν, ἔνοπλοι γῆς Ἀθηναίων κόροι,
σῶι παιδί, πρέσβυ, σύμμαχον φέρων δόρυ.   1.165
κληδὼν γὰρ ἦλθεν εἰς Ἐρεχθειδῶν πόλιν
ὡς σκῆπτρα χώρας τῆσδ' ἀναρπάσας Λύκος
ἐς πόλεμον ὑμῖν καὶ μάχην καθίσταται.
τίνων δ' ἀμοιβὰς ὧν ὑπῆρξεν Ἡρακλῆς
σώσας με νέρθεν ἦλθον, εἴ τι δεῖ, γέρον,   1.170
ἢ χειρὸς ὑμᾶς τῆς ἐμῆς ἢ συμμάχων.
ἔα· τί νεκρῶν τῶνδε πληθύει πέδον;
οὔ που λέλειμμαι καὶ νεωτέρων κακῶν

do matador de seres tão queridos?
Arrojo-me do precipício oblíquo,
encravo o gládio firme contra o fígado,
a fim de justiçar o sangue infante?   1.150
Ateio fogo em minha própria carne,
poupando-me da infâmia que me resta?

[Entra Teseu]

Teseu, parente e amigo, não é o próprio
quem vem me desviar de anseios fúnebres?
Logo me avista e o horror do infanticídio   1.155
alcança o olhar de um hóspede benquisto.
O que farei? Onde encontrar refúgio
ao que me aflige? Voo? Sumo no ínfero?
Circum-envolvo em treva a testa: a ruína
do que perfiz constrange-me e não quero   1.160
infectar o inocente com o sangue
turvo do algoz iníquo dos inócuos.

[Héracles esconde o rosto em sua vestimenta]

TESEU

A mocidade ateniense hoplita
veio comigo e aguarda-me no Asopo.
Apoiarei teu filho com venábulos.   1.165
Ouvi dizer em minha cidadela
que Lico usurpa o cetro e está em conflito
com a morada que pertence a vós.
Pretendo retribuir a iniciativa
de Héracles ter-me resgatado do ínfero,   1.170
se a força do aliado for de ajuda.
Tristeza! A mortualha enrubra o solo!
Terei me retardado à conclusão

ὕστερος ἀφῖγμαι; τίς τάδ᾽ ἔκτεινεν τέκνα;
τίνος γεγῶσαν τήνδ᾽ ὁρῶ ξυνάορον;   1.175
οὐ γὰρ δορός γε παῖδες ἵστανται πέλας,
ἀλλ᾽ ἄλλο πού τι καινὸν εὑρίσκω κακόν.

ΑΜΦΙΤΡΥΩΝ

ὦ τὸν ἐλαιοφόρον ὄχθον ἔχων <ἄναξ>

ΘΗΣΕΥΣ

τί χρῆμά μ᾽ οἰκτροῖς ἐκάλεσας προοιμίοις;

ΑΜΦΙΤΡΥΩΝ

ἐπάθομεν πάθεα μέλεα πρὸς θεῶν.   1.180

ΘΗΣΕΥΣ

οἱ παῖδες οἵδε τίνος ἐφ᾽ οἷς δακρυρροεῖς;

ΑΜΦΙΤΡΥΩΝ

ἔτεκε μέν <νιν> οὑμὸς ἶνις τάλας,
τεκόμενος δ᾽ ἔκανε φόνιον αἷμα τλάς.

ΘΗΣΕΥΣ

τί φῄς; τί δράσας;

ΑΜΦΙΤΡΥΩΝ

μαινομένωι πιτύλωι πλαγχθεὶς   1.185
ἑκατογκεφάλου βαφαῖς ὕδρας.

ΘΗΣΕΥΣ

ὦ δεινὰ λέξας.

do mais recente horror? Quem trucidou
os três garotos com a mãe? Infantes   1.175
estão aquém do ímpeto do gládio,
e já pareço ver tragédia inédita.

ANFÍTRION
Ó rei da penha pensa de oliveiras...

TESEU
A que vem esse intróito de lamúrias?

ANFÍTRION
O deus nos dá a dor mais dolorosa.   1.180

TESEU
De quem são as crianças que lastimas?

ANFÍTRION
Quem as gerou, embora genitor,
foi quem as massacrou: meu filho assume-o.

TESEU
Será que ouvi direito? O que ele fez?

ANFÍTRION
    Dobrado pelo golpe da loucura,   1.185
enrubra o dardo em hidra centicéfala.

TESEU
Tua fala fere-me.

ΑΜΦΙΤΡΥΩΝ

οἰχόμεθ᾽ οἰχόμεθα πτανοί.

ΘΗΣΕΥΣ

εὔφημα φώνει.

ΑΜΦΙΤΡΥΩΝ

βουλομένοισιν ἐπαγγέλλῃ.

ΘΗΣΕΥΣ

Ἥρας ὅδ᾽ ἀγών· τίς δ᾽ ὅδ᾽ οὖν νεκροῖς, γέρον;

ΑΜΦΙΤΡΥΩΝ

ἐμὸς ἐμὸς ὅδε γόνος ὁ πολύπονος, ὃς ἐπὶ   1.190
δόρυ γιγαντοφόνον ἦλθεν σὺν θεοῖ-
σι Φλεγραῖον ἐς πεδίον ἀσπιστάς.

ΘΗΣΕΥΣ

φεῦ φεῦ· τίς ἀνδρῶν ὧδε δυσδαίμων ἔφυ;   1.195

ΑΜΦΙΤΡΥΩΝ

οὐκ ἂν εἰδείης ἕτερον
πολυμοχθότερον πολυπλαγκτότερόν τε θνατῶν.

ΘΗΣΕΥΣ

τί γὰρ πέπλοισιν ἄθλιον κρύπτει κάρα;

ΑΜΦΙΤΡΥΩΝ

αἰδόμενος τὸ σὸν ὄμμα
καὶ φιλίαν ὁμόφυλον   1.200
αἷμά τε παιδοφόνον.

ANFÍTRION

No ar, na aragem e-s-v-a-í-m-o - n-o-s...

TESEU

Fala algo mais afável!

ANFÍTRION

Eu bem que gostaria.

TESEU

Hera se enfera. E quem vive entre os mortos?

ANFÍTRION

Ei-lo, meu filho, meu multissofrido   1.190
filho, giganticida na planície
em Flegra, onde lutou ladeando os deuses.

TESEU

Com o desdém do demo, é o mais desdêmone! 1.195

ANFÍTRION

Mais pluricombalido, plurierrante
não haverás de conhecer jamais!

TESEU

Por que ele encobre o rosto com o peplo?

ANFÍTRION

É por pudor que evita te mirar,
e pelo vínculo fraterno   1.200
e pelo sangue filicida.

ΘΗΣΕΥΣ

ἀλλ' εἰ συναλγῶν γ' ἦλθον; ἐκκάλυπτέ νιν.

ΑΜΦΙΤΡΥΩΝ

ὦ τέκνον, πάρες ἀπ' ὀμμάτων
πέπλον, ἀπόδικε, ῥέθος ἀελίωι δεῖξον.

βάρος ἀντίπαλον δακρύοις συναμιλλᾶται·   1.205
ἱκετεύομεν ἀμφὶ γενειάδα καὶ
γόνυ καὶ χέρα σὰν προπίτνων πολιὸν
δάκρυον ἐκβαλών· ἰὼ παῖ, κατά-   1.210
σχεθε λέοντος ἀγρίου θυμόν, ὧι
δρόμον ἐπὶ φόνιον ἀνόσιον ἐξάγηι
κακὰ θέλων κακοῖς συνάψαι, τέκνον.

ΘΗΣΕΥΣ

εἶἑν· σὲ τὸν θάσσοντα δυστήνους ἕδρας
αὐδῶ φίλοισιν ὄμμα δεικνύναι τὸ σόν.   1.215
οὐδεὶς σκότος γὰρ ὧδ' ἔχει μέλαν νέφος
ὅστις κακῶν σῶν συμφορὰν κρύψειεν ἄν.
τί μοι προσείων χεῖρα σημαίνεις φόβον;
ὡς μὴ μύσος με σῶν βάληι προσφθεγμάτων;
οὐδὲν μέλει μοι σύν γε σοὶ πράσσειν κακῶς·   1.220
καὶ γὰρ ποτ' εὐτύχησ'. ἐκεῖσ' ἀνοιστέον
ὅτ' ἐξέσωσάς μ' ἐς φάος νεκρῶν πάρα.
χάριν δὲ γηράσκουσαν ἐχθαίρω φίλων
καὶ τῶν καλῶν μὲν ὅστις ἀπολαύειν θέλει,
συμπλεῖν δὲ τοῖς φίλοισι δυστυχοῦσιν οὔ.   1.225
ἀνίστασ', ἐκκάλυψον ἄθλιον κάρα,
βλέψον πρὸς ἡμᾶς. ὅστις εὐγενὴς βροτῶν
φέρει τὰ τῶν θεῶν γε πτώματ' οὐδ' ἀναίνεται.

TESEU

Partícipe da dor, eu vim. Descobre-o!

ANFÍTRION

Afasta, filho, a túnica da vista,
permite que Hélio-Sol rebrilhe à face!

[Anfítrion se ajoelha diante de Héracles]

O contrapeso amigo enfrenta o pranto.   1.205
Me prostro aos teus joelhos, barba e mãos,
vertendo o choro cinza. Vê: suplico!
Retém o afã de leão enfurecido,   1.210
que te conduz ao fluxo morticida,
ímpio, cuja intenção é entretecer,
meu filho, o que é nefasto no nefasto.

TESEU

Falo contigo, tu que estás sentado
num sítio de dar dó, descobre o rosto   1.215
e encara o amigo! Nuvem negra não
haverá que acoberte tua desgraça.
Teus gestos querem me indicar pavor?
Temes que tuas palavras me conspurquem?
Não me preocupa se teu dissabor   1.220
me contamine. Tive sorte quando
me resgataste do convívio no ínfero.
A gratidão velhusca dos amigos
me dá engulhos, idem quem consuma
o bem de um ente caro e sua nau   1.225
rejeite na viragem. Mira, em pé,
o olhar de todos: nobre não é quem
renega o fardo divo, mas suporta-o.

ΗΡΑΚΛΗΣ
Θησεῦ, δέδορκας τόνδ' ἀγῶν' ἐμῶν τέκνων;

ΘΗΣΕΥΣ
ἤκουσα καὶ βλέποντι σημαίνεις κακά.   1.230

ΗΡΑΚΛΗΣ
τί δῆτά μου κρᾶτ' ἀνεκάλυψας ἡλίωι;

ΘΗΣΕΥΣ
τί δ'; οὐ μιαίνεις θνητὸς ὢν τὰ τῶν θεῶν.

ΗΡΑΚΛΗΣ
φεῦγ', ὦ ταλαίπωρ', ἀνόσιον μίασμ' ἐμόν.

ΘΗΣΕΥΣ
οὐδεὶς ἀλάστωρ τοῖς φίλοις ἐκ τῶν φίλων.

ΗΡΑΚΛΗΣ
ἐπήινεσ'· εὖ δράσας δέ σ' οὐκ ἀναίνομαι.   1.235

ΘΗΣΕΥΣ
ἐγὼ δὲ πάσχων εὖ τότ' οἰκτίρω σε νῦν.

ΗΡΑΚΛΗΣ
οἰκτρὸς γάρ εἰμι τἄμ' ἀποκτείνας τέκνα;

ΘΗΣΕΥΣ
κλαίω χάριν σὴν ἐφ' ἑτέραισι συμφοραῖς.

[Héracles revela seu rosto]

HÉRACLES
Vês como combati meus próprios filhos?

TESEU
Já me inteirei do horror que me assinalas. 1.230

HÉRACLES
Por que desvelas sob o sol meu rosto?

TESEU
Mortal, o que é dos deuses não maculas.

HÉRACLES
O antissagrado não te contamine!

TESEU
O Adverso — *Alástor* — não migra entre amigos.

HÉRACLES
Como acertei em te ajudar! Sou grato. 1.235

TESEU
Fiquei tocado por me teres salvo.

HÉRACLES
Condoer-se de quem assassina os filhos?

TESEU
Lastimo a mutação do teu destino.

ΗΡΑΚΛΗΣ

ηὗρες δέ γ᾽ ἄλλους ἐν κακοῖσι μείζοσιν;

ΘΗΣΕΥΣ

ἅπτηι κάτωθεν οὐρανοῦ δυσπραξίαι.   1.240

ΗΡΑΚΛΗΣ

τοιγὰρ παρεσκευάσμεθ᾽ ὥστε κατθανεῖν.

[ΘΗΣΕΥΣ]

[...]

[ΗΡΑΚΛΗΣ]

[...]

ΘΗΣΕΥΣ

δοκεῖς ἀπειλῶν σῶν μέλειν τι δαίμοσιν;

ΗΡΑΚΛΗΣ

αὔθαδες ὁ θεός, πρὸς δὲ τοὺς θεοὺς ἐγώ.

ΘΗΣΕΥΣ

ἴσχε στόμ᾽, ὡς μὴ μέγα λέγων μεῖζον πάθηις.

ΗΡΑΚΛΗΣ

γέμω κακῶν δὴ κοὐκέτ᾽ ἔσθ᾽ ὅπηι τεθῆι.   1.245

ΘΗΣΕΥΣ

δράσεις δὲ δὴ τί; ποῖ φέρηι θυμούμενος;

HÉRACLES

Já conheceste ruína mais soturna?

TESEU

Teu insucesso atinge acima o zênite.   1.240

HÉRACLES

Não por outro motivo aguardo a morte.

[TESEU]

[...]

[HÉRACLES]

[...][1]

TESEU

Os deuses não se importam se os ameaças.

HÉRACLES

Deuses são duros e eu, com eles, idem.

TESEU

Evita que tua fala agrave a dor!

HÉRACLES

Não há como agravar minha desgraça.   1.245

TESEU

E aonde irás, dobrado por teu ímpeto?

---

[1] Lacunas no original. (N. do T.)

ΗΡΑΚΛΗΣ

θανών, ὅθενπερ ἦλθον, εἶμι γῆς ὕπο.

ΘΗΣΕΥΣ

εἴρηκας ἐπιτυχόντος ἀνθρώπου λόγους.

ΗΡΑΚΛΗΣ

σὺ δ' ἐκτὸς ὤν γε συμφορᾶς με νουθετεῖς.

ΘΗΣΕΥΣ

ὁ πολλὰ δὴ τλὰς Ἡρακλῆς λέγει τάδε;   1.250

ΗΡΑΚΛΗΣ

οὔκουν τοσαῦτά γ'· ἐν μέτρωι μοχθητέον.

ΘΗΣΕΥΣ

εὐεργέτης βροτοῖσι καὶ μέγας φίλος;

ΗΡΑΚΛΗΣ

οἱ δ' οὐδὲν ὠφελοῦσί μ', ἀλλ' Ἥρα κρατεῖ.

ΘΗΣΕΥΣ

οὐκ ἄν <σ'> ἀνάσχοιθ' Ἑλλὰς ἀμαθίαι θανεῖν.

ΗΡΑΚΛΗΣ

ἄκουε δή νυν, ὡς ἁμιλληθῶ λόγοις   1.255
πρὸς νουθετήσεις σάς· ἀναπτύξω δέ σοι
ἀβίωτον ἡμῖν νῦν τε καὶ πάροιθεν ὄν.
πρῶτον μὲν ἐκ τοῦδ' ἐγενόμην, ὅστις κτανὼν
μητρὸς γεραιὸν πατέρα προστρόπαιος ὢν
ἔγημε τὴν τεκοῦσαν Ἀλκμήνην ἐμέ.   1.260
ὅταν δὲ κρηπὶς μὴ καταβληθῆι γένους

HÉRACLES

Irei morrer no fosco de onde vim!

TESEU

Teu linguajar não é de alguém de estirpe.

HÉRACLES

Alheio ao que padeço, teces críticas.

TESEU

Falar assim quem tanto suportou?   1.250

HÉRACLES

Jamais assim. A dor, nada a limita?

TESEU

Será que eu ouço o paladino? O amigo?

HÉRACLES

Os homens nada podem: Hera impera.

TESEU

A Hélade rejeita o teu suicídio.

HÉRACLES

Pois ouve como luto com palavras   1.255
na resposta que dou ao que invectivas!
Eu tive vida? Não! Tive antivida!
Nasci de um homem matador do pai
da esposa que me deu à luz: Alcmena.
O ser poluto é aquele que ali vês.   1.260
Se o alicerce de uma raça des-

ὀρθῶς, ἀνάγκη δυστυχεῖν τοὺς ἐκγόνους.
Ζεὺς δ', ὅστις ὁ Ζεύς, πολέμιόν μ' ἐγείνατο
Ἥραι (σὺ μέντοι μηδὲν ἀχθεσθῆις, γέρον·
πατέρα γὰρ ἀντὶ Ζηνὸς ἡγοῦμαι σ' ἐγώ),   1.265
ἔτ' ἐν γάλακτί τ' ὄντι γοργωποὺς ὄφεις
ἐπεισέφρησε σπαργάνοισι τοῖς ἐμοῖς
ἡ τοῦ Διὸς σύλλεκτρος, ὡς ὀλοίμεθα.
ἐπεὶ δὲ σαρκὸς περιβόλαι' ἐκτησάμην
ἡβῶντα, μόχθους οὓς ἔτλην τί δεῖ λέγειν;   1.270
ποίους ποτ' ἢ λέοντας ἢ τρισωμάτους
Τυφῶνας ἢ Γίγαντας ἢ τετρασκελῆ
κενταυροπληθῆ πόλεμον οὐκ ἐξήνυσα;
τήν τ' ἀμφίκρανον καὶ παλιμβλαστῆ κύνα
ὕδραν φονεύσας μυρίων τ' ἄλλων πόνων   1.275
διῆλθον ἀγέλας κὰς νεκροὺς ἀφικόμην,
Ἅιδου πυλωρὸν κύνα τρίκρανον ἐς φάος
ὅπως πορεύσαιμ' ἐντολαῖς Εὐρυσθέως.
τὸν λοίσθιον δὲ τόνδ' ἔτλην τάλας πόνον,
παιδοκτονήσας δῶμα θριγκῶσαι κακοῖς.   1.280
ἥκω δ' ἀνάγκης ἐς τόδ'· οὔτ' ἐμαῖς φίλαις
Θήβαις ἐνοικεῖν ὅσιον· ἢν δὲ καὶ μένω,
ἐς ποῖον ἱερὸν ἢ πανήγυριν φίλων
εἶμ'; οὐ γὰρ ἄτας εὐπροσηγόρους ἔχω.
ἀλλ' Ἄργος ἔλθω; πῶς, ἐπεὶ φεύγω πάτραν;   1.285
φέρ' ἀλλ' ἐς ἄλλην δή τιν' ὁρμήσω πόλιν;
κἄπειθ' ὑποβλεπώμεθ' ὡς ἐγνωσμένοι,
γλώσσης πικροῖς κέντροισι κληιδουχούμενοι·
Οὐχ οὗτος ὁ Διός, ὃς τέκν' ἔκτεινέν ποτε
δάμαρτά τ'; οὐ γῆς τῆσδ' ἀποφθαρήσεται;   1.290
[κεκλημένωι δὲ φωτὶ μακαρίωι ποτὲ
αἱ μεταβολαὶ λυπηρόν· ὧι δ' ἀεὶ κακῶς
ἔστ', οὐδὲν ἀλγεῖ συγγενῶς δύστηνος ὤν.]

morona, o azar só prejudica os pósteros.
E Zeus, seja quem for o deus, procriou-me
como inimigo de Hera. Não te irrites,
ancião, pois eu renego, ó pai, o olímpio.   1.265
Recém-nascido, a cônjuge de Zeus
introduziu em minhas mantas serpes
gorgôneas, pretendendo me matar.
Quando *hebe*, a mocidade, avulta em músculos...
Referirei a estafa dos lavores?   1.270
Houve leões ou hordas de quadrúpedes
centauros ou gigantes ou tifões
tricorpos que eu não tenha trucidado?
Dei cabo da cadela cujos crânios
sempiespocavam, a hidra. Obrei muitíssimo   1.275
até descer ao mundo cadavérico,
pois que Euristeu mandara resgatar
o cão tricéfalo, postado no Hades.
E meu lavor final, lavor de um mísero,
foi abater os filhos, coroar   1.280
com morte o lar. A mim se impõe o exílio:
morar na magna Tebas contraria
preceitos sacros. Templo ou gente amiga
me evitaria. A poluição me exclui.
Tornar à pátria argiva que baniu-me?   1.285
Buscar um burgo alhures? E se alguém
descobre minha identidade e o fel
das línguas me obrigar a encarcerar-me
em mim? "Não é o sujeito cujo pai
é Zeus, algoz da prole e esposa? Fora!"   1.290
Mudar aflige quem foi uma vez
aquinhoado. Nada sofre quem
perenemente se deprime: é um triste

ἐς τοῦτο δ᾽ ἥξειν συμφορᾶς οἶμαί ποτε·
φωνὴν γὰρ ἥσει χθὼν ἀπεννέπουσά με   1.295
μὴ θιγγάνειν γῆς καὶ θάλασσα μὴ περᾶν
πηγαί τε ποταμῶν, καὶ τὸν ἁρματήλατον
Ἰξίον᾽ ἐν δεσμοῖσιν ἐκμιμήσομαι.
[καὶ ταῦτ᾽ ἄριστα μηδέν᾽ Ἑλλήνων μ᾽ ὁρᾶν,
ἐν οἷσιν εὐτυχοῦντες ἦμεν ὄλβιοι.]   1.300
τί δῆτά με ζῆν δεῖ; τί κέρδος ἕξομεν
βίον γ᾽ ἀχρεῖον ἀνόσιον κεκτημένοι;
χορευέτω δὴ Ζηνὸς ἡ κλεινὴ δάμαρ
κρόουσ᾽ Ὀλυμπίου Ζηνὸς ἀρβύληι πόδα.
ἔπραξε γὰρ βούλησιν ἣν ἐβούλετο   1.305
ἄνδρ᾽ Ἑλλάδος τὸν πρῶτον αὐτοῖσιν βάθροις
ἄνω κάτω στρέψασα. τοιαύτηι θεῶι
τίς ἂν προσεύχοιθ᾽; ἢ γυναικὸς οὕνεκα
λέκτρων φθονοῦσα Ζηνὶ τοὺς εὐεργέτας
Ἑλλάδος ἀπώλεσ᾽ οὐδὲν ὄντας αἰτίους.   1.310

ΧΟΡΟΣ

οὐκ ἔστιν ἄλλου δαιμόνων ἀγὼν ὅδε
ἢ τῆς Διὸς δάμαρτος· εὖ τόδ᾽ αἰσθάνηι.

ΘΗΣΕΥΣ

[...]

παραινέσαιμ᾽ ἂν μᾶλλον ἢ πάσχειν κακῶς.
οὐδεὶς δὲ θνητῶν ταῖς τύχαις ἀκήρατος,
οὐ θεῶν, ἀοιδῶν εἴπερ οὐ ψευδεῖς λόγοι.   1.315
οὐ λέκτρ᾽ ἐν ἀλλήλοισιν, ὧν οὐδεὶς νόμος,
συνῆψαν; οὐ δεσμοῖσι διὰ τυραννίδα
πατέρας ἐκηλίδωσαν; ἀλλ᾽ οἰκοῦσ᾽ ὅμως
Ὄλυμπον ἠνέσχοντό θ᾽ ἡμαρτηκότες.
καίτοι τί φήσεις, εἰ σὺ μὲν θνητὸς γεγὼς   1.320

de nascimento. Eis a faina à frente:
do próprio solo a voz há de vetar-me 1.295
o toque, e o mar e o córrego das águas
e a singradura. Similar a Íxion,
fixo à prisão da roda, girarei.
Prefiro que um dos gregos não me veja,
pois foi no seu convívio que sorri. 1.300
Ó vacuidade do viver! Se é inútil
existir e antinume, o que angario?
Que a esposa do Cronida sapateie
com rútilas sandálias sobre o Olimpo!
Teve o que quis, pois derrubou do pêndulo 1.305
de um pedestal o ás dos ases gregos.
Há ser na terra, um único, que a Hera
ore, suplique a quem aniquilou
o benfeitor da Grécia, um inocente,
por ciúme da mulher que Zeus amou? 1.310

CORO
Como percebes bem, tua querela
só tem a ver com Hera, só com ela.

TESEU
[...]
... é o que aconselho, mais do que sofrer.
Homem ou deus, não há quem fuja à sina,
se verdade existir no que os poetas 1.315
dizem. Não cometeram adultério,
contrariando a lei? Não humilharam
os pais com a prisão, pelo reinado?
Contemporizam, habitando o Olimpo.
Mortal que és, o que dizer, se o fardo 1.320

φέρεις ὑπέρφευ τὰς τύχας, θεοὶ δὲ μή;
Θήβας μὲν οὖν ἔκλειπε τοῦ νόμου χάριν,
ἕπου δ' ἅμ' ἡμῖν πρὸς πόλισμα Παλλάδος.
ἐκεῖ χέρας σὰς ἁγνίσας μιάσματος
δόμους τε δώσω χρημάτων τ' ἐμῶν μέρος.   1.325
ἃ δ' ἐκ πολιτῶν δῶρ' ἔχω σώσας κόρους
δὶς ἑπτά, ταῦρον Κνώσιον κατακτανών,
σοὶ ταῦτα δώσω. πανταχοῦ δέ μοι χθονὸς
τεμένη δέδασται· ταῦτ' ἐπωνομασμένα
σέθεν τὸ λοιπὸν ἐκ βροτῶν κεκλήσεται   1.330
ζῶντος· θανόντα δ', εὖτ' ἂν εἰς Ἅιδου μόλῃς,
θυσίαισι λαΐνοισί τ' ἐξογκώμασιν
τίμιον ἀνάξει πᾶσ' Ἀθηναίων πόλις.
καλὸς γὰρ ἀστοῖς στέφανος Ἑλλήνων ὕπο
ἄνδρ' ἐσθλὸν ὠφελοῦντας εὐκλείας τυχεῖν.   1.335
κἀγὼ χάριν σοι τῆς ἐμῆς σωτηρίας
τήνδ' ἀντιδώσω· νῦν γὰρ εἶ χρεῖος φίλων.
[θεοὶ δ' ὅταν τιμῶσιν οὐδὲν δεῖ φίλων·
ἅλις γὰρ ὁ θεὸς ὠφελῶν ὅταν θέλῃ.]

ΗΡΑΚΛΗΣ
οἴμοι· πάρεργα <> τάδ' ἔστ' ἐμῶν κακῶν·   1.340
ἐγὼ δὲ τοὺς θεοὺς οὔτε λέκτρ' ἃ μὴ θέμις
στέργειν νομίζω δεσμά τ' ἐξάπτειν χεροῖν
οὔτ' ἠξίωσα πώποτ' οὔτε πείσομαι
οὐδ' ἄλλον ἄλλου δεσπότην πεφυκέναι.
δεῖται γὰρ ὁ θεός, εἴπερ ἔστ' ὀρθῶς θεός,   1.345
οὐδενός· ἀοιδῶν οἵδε δύστηνοι λόγοι.
ἐσκεψάμην δὲ καίπερ ἐν κακοῖσιν ὢν
μὴ δειλίαν ὄφλω τιν' ἐκλιπὼν φάος·
ταῖς συμφοραῖς γὰρ ὅστις οὐχ ὑφίσταται
οὐδ' ἀνδρὸς ἂν δύναιθ' ὑποστῆναι βέλος.   1.350

te afunda e não ao nume? Aceita a norma
e deixa Tebas! Vem comigo à pólis
de Palas, onde purificarei
a mácula das mãos. Receberás
moradas, parte do que é meu também,   1.325
as dádivas a mim atribuídas
por massacrar o minotauro, quase
carrasco de catorze jovens. Lotes
possuo pelos quatro cantos. Héracles
é como os homens deverão chamá-los   1.330
enquanto vivas. Quando ingresses no ínfero,
erijo em teu louvor um edifício
em pedra. Atenas te honra em sacrifícios.
Os gregos brindam quem nasceu aqui
com a guirlanda bela do renome   1.335
pela acolhida. Me salvaste e salvo-te
agora, pois de amigo necessitas.
Só se dispensa o amigo se um dos deuses
nos preza, que ele basta, quando quer.

HÉRACLES

Isso tem pouco a ver com o que sofro.   1.340
Não creio no adultério entre olímpicos,
nem que um, em liames, aprisione o outro,
nem que um aceite submeter-se a outro.
Um deus, se é deus, de nada necessita.
Eis algo que não passa de falácia   1.345
da lavra dos poetas. Lamentável!
Mas cá comigo penso se não é
um ato de covarde abandonar
a luz, embora padecendo. Enfrenta
a lança o incapaz de suportar   1.350

ἐγκαρτερήσω βίοτον· εἶμι δ' ἐς πόλιν
τὴν σήν, χάριν τε μυρίαν δώρων ἔχω.
ἀτὰρ πόνων δὴ μυρίων ἐγευσάμην,
ὧν οὔτ' ἀπεῖπον οὐδέν' οὔτ' ἀπ' ὀμμάτων
ἔσταξα πηγάς, οὐδ' ἂν ᾠόμην ποτὲ   1.355
ἐς τοῦθ' ἱκέσθαι, δάκρυ' ἀπ' ὀμμάτων βαλεῖν.
νῦν δ', ὡς ἔοικε, τῆι τύχηι δουλευτέον.
εἶέν· γεραιέ, τὰς ἐμὰς φυγὰς ὁρᾶις,
ὁρᾶις δὲ παίδων ὄντα μ' αὐθέντην ἐμῶν.
δὸς τούσδε τύμβωι καὶ περίστειλον νεκροὺς   1.360
δακρύοισι τιμῶν (ἐμὲ γὰρ οὐκ ἐᾶι νόμος)
πρὸς στέρν' ἐρείσας μητρὶ δούς τ' ἐς ἀγκάλας,
κοινωνίαν δύστηνον, ἣν ἐγὼ τάλας
διώλεσ' ἄκων. γῆι δ' ἐπὴν κρύψηις νεκροὺς
οἴκει πόλιν τήνδ' ἀθλίως μὲν ἀλλ' ὅμως   1.365
[ψυχὴν βιάζου τἀμὰ συμφέρειν κακά].
ὦ τέκν', ὁ φύσας καὶ τεκὼν ὑμᾶς πατὴρ
ἀπώλεσ', οὐδ' ὤνασθε τῶν ἐμῶν καλῶν,
ἁγὼ παρεσκεύαζον ἐκμοχθῶν βίου
εὔκλειαν ὑμῖν, πατρὸς ἀπόλαυσιν καλήν.   1.370
σέ τ' οὐχ ὁμοίως, ὦ τάλαιν', ἀπώλεσα
ὥσπερ σὺ τἀμὰ λέκτρ' ἔσωιζες ἀσφαλῶς,
μακρὰς διαντλοῦσ' ἐν δόμοις οἰκουρίας.
οἴμοι δάμαρτος καὶ τέκνων, οἴμοι δ' ἐμοῦ,
ὡς ἀθλίως πέπραγα κἀποζεύγνυμαι   1.375
τέκνων γυναικός τ'. ὦ λυγραὶ φιλημάτων
τέρψεις, λυγραὶ δὲ τῶνδ' ὅπλων κοινωνίαι.
ἀμηχανῶ γὰρ πότερ' ἔχω τάδ' ἢ μεθῶ,
ἃ πλευρὰ τἀμὰ προσπίτνοντ' ἐρεῖ τάδε·
Ἡμῖν τέκν' εἶλες καὶ δάμαρθ'· ἡμᾶς ἔχεις   1.380
παιδοκτόνους σούς. εἶτ' ἐγὼ τάδ' ὠλέναις
οἴσω; τί φάσκων; ἀλλὰ γυμνωθεὶς ὅπλων

a agrura? Encaro a vida: em tua pólis,
jamais hei de esquecer o que me dás!
Provei inúmeros padecimentos,
sem nunca me desviar, sem derramar
um pranto, sem imaginar que um dia   1.355
o jorro lacrimal me inundaria.
Constato sermos servos do destino.
Pai, presencias meu exílio, o exílio
do algoz dos filhos. Cuida de que os três
recebam sepultura! Banha os corpos   1.360
com teu lamento pio, a mim vetado!
Devolve-os ao regaço maternal,
convívio que impedi, sem ter ciência.
Tristeza! Quando enterres os cadáveres,
embora aniquilado, habita aqui   1.365
[obriga a ânima a sofrer comigo!].
Quem vos gerou, ó filhos, quem vos deu
a vida, foi o algoz! Legado belo
o meu, tão empenhado nas conquistas
com uma ideia fixa: encher de glória   1.370
os três! Querida, tão fiel ao leito;
como não foras, como não tivesses
sido guardiã do sólio, te matei!
Pobre consorte, prole pobre! Ai!
Sucumbo sem o jugo dos meninos,   1.375
da esposa. Ó vínculos funestos de armas,
ó vínculos funestos das carícias!
Preservo o armamento? Deixo-o? Rente
ao flanco, dele escuto: "Eliminaste
tua família nos manipulando.   1.380
Carrega o algoz da prole!" Mas com qual
pretexto eu o sobraço? Hoplita nu,

ξὺν οἷς τὰ κάλλιστ' ἐξέπραξ' ἐν Ἑλλάδι
ἐχθροῖς ἐμαυτὸν ὑποβαλὼν αἰσχρῶς θάνω;
οὐ λειπτέον τάδ', ἀθλίως δὲ σωστέον.   1.385
ἕν μοί τι, Θησεῦ, σύγκαμ'· ἀγρίου κυνὸς
κόμιστρ' ἐς Ἄργος συγκατάστησον μολών,
λύπηι τι παίδων μὴ πάθω μονούμενος.
ὦ γαῖα Κάδμου πᾶς τε Θηβαῖος λεώς,
κείρασθε, συμπενθήσατ', ἔλθετ' ἐς τάφον   1.390
παίδων. ἅπαντας δ' ἑνὶ λόγωι πενθήσετε
νεκρούς τε κἀμέ· πάντες ἐξολώλαμεν
Ἥρας μιᾶι πληγέντες ἄθλιοι τύχηι.

ΘΗΣΕΥΣ
ἀνίστασ', ὦ δύστηνε· δακρύων ἅλις.

ΗΡΑΚΛΗΣ
οὐκ ἂν δυναίμην· ἄρθρα γὰρ πέπηγέ μου.   1.395

ΘΗΣΕΥΣ
καὶ τοὺς σθένοντας γὰρ καθαιροῦσιν τύχαι.

ΗΡΑΚΛΗΣ
φεῦ·
αὐτοῦ γενοίμην πέτρος ἀμνήμων κακῶν.

ΘΗΣΕΥΣ
παῦσαι· δίδου δὲ χεῖρ' ὑπηρέτηι φίλωι.

ΗΡΑΚΛΗΣ
ἀλλ' αἷμα μὴ σοῖς ἐξομόρξωμαι πέπλοις.

sem o que propiciou beleza à Grécia,
à mercê do inimigo, morro infame?
Impõe-se-me mantê-lo em meu lamento.   1.385
Ouve tão só mais um pedido, amigo:
leva comigo o cão feroz até
Argos, que assim evito mais sofrer,
sem filhos. Solo cádmio, ó tebaicos,
aparai os cabelos partilhando   1.390
meus ais! No túmulo dos três meninos,
chorai os mortos, lamentai a mim!
Ao golpe de Hera todos sucumbimos.

TESEU

Já basta de chorar! Em pé, infeliz!

HÉRACLES

Eu não consigo: as juntas se enraízam.   1.395

TESEU

A sina se assenhora até do forte.

HÉRACLES

Ai!
Esquecido da dor, petrificasse-me!

TESEU

Já chega! Estende a mão ao teu arrimo!

HÉRACLES

Não deixes que o cruor macule a túnica!

ΘΗΣΕΥΣ

ἔκμασσε, φείδου μηδέν· οὐκ ἀναίνομαι. 1.400

ΗΡΑΚΛΗΣ

παίδων στερηθεὶς παῖδ' ὅπως ἔχω σ' ἐμόν.

ΘΗΣΕΥΣ

δίδου δέρηι σὴν χεῖρ', ὁδηγήσω δ' ἐγώ.

ΗΡΑΚΛΗΣ

ζεῦγός γε φίλιον· ἅτερος δὲ δυστυχής.
ὦ πρέσβυ, τοιόνδ' ἄνδρα χρὴ κτᾶσθαι φίλον.

ΑΜΦΙΤΡΥΩΝ

ἡ γὰρ τεκοῦσα τόνδε πατρὶς εὔτεκνος. 1.405

ΗΡΑΚΛΗΣ

Θησεῦ, πάλιν με στρέψον ὡς ἴδω τέκνα.

ΘΗΣΕΥΣ

ὡς δὴ τί; φίλτρον τοῦτ' ἔχων ῥάιων ἔσηι;

ΗΡΑΚΛΗΣ

ποθῶ, πατρός τε στέρνα προσθέσθαι θέλω.

ΑΜΦΙΤΡΥΩΝ

ἰδοὺ τάδ', ὦ παῖ· τἀμὰ γὰρ σπεύδεις φίλα.

ΘΗΣΕΥΣ

οὕτω πόνων σῶν οὐκέτι μνήμην ἔχεις; 1.410

TESEU

Não penses que o evito! Tranquiliza-te!   1.400

HÉRACLES

És para mim sem filho igual a um filho!

TESEU

Abraça o meu pescoço, que eu te guio.

HÉRACLES

Um jugo amigo! A um de nós o azar
atinge. Ele merece apreço, pai.

ANFÍTRION

A pátria que o gerou gera alegria.   1.405

HÉRACLES

Teseu, dá que eu vislumbre os meus num último...

TESEU

Vês nisso um bálsamo que te alivie?

HÉRACLES

Ardo por estreitar meu pai no abraço.

ANFÍTRION

Só dizes o que o meu desejo dita.

TESEU

Já deslembraste o rol dos teus lavores?   1.410

ΗΡΑΚΛΗΣ
ἅπαντ' ἐλάσσω κεῖνα τῶνδ' ἔτλην κακά.

ΘΗΣΕΥΣ
εἴ σ' ὄψεταί τις θῆλυν ὄντ' οὐκ αἰνέσει.

ΗΡΑΚΛΗΣ
ζῶ σοι ταπεινός; ἀλλὰ πρόσθεν οὐ δοκῶ.

ΘΗΣΕΥΣ
ἄγαν γ'· ὁ κλεινὸς Ἡρακλῆς οὐκ εἶ νοσῶν.

ΗΡΑΚΛΗΣ
σὺ ποῖος ἦσθα νέρθεν ἐν κακοῖσιν ὤν;   1.415

ΘΗΣΕΥΣ
ὡς ἐς τὸ λῆμα παντὸς ἦν ἥσσων ἀνήρ.

ΗΡΑΚΛΗΣ
πῶς οὖν ἔτ' εἴπῃς ὅτι συνέσταλμαι κακοῖς;

ΘΗΣΕΥΣ
πρόβαινε.

ΗΡΑΚΛΗΣ
     χαῖρ', ὦ πρέσβυ.

ΑΜΦΙΤΡΥΩΝ
          καὶ σύ μοι, τέκνον.

ΗΡΑΚΛΗΣ
θάφθ' ὥσπερ εἶπον παῖδας.

HÉRACLES
Isto supera a tudo o que sofri.

TESEU
Criticarão teu modo feminino.

HÉRACLES
Não me consideravas deprimido.

TESEU
Insisto. Não que sejas, caro, enfermo.

HÉRACLES
Olvidas em que estado estavas no Hades? 1.415

TESEU
Eu, mais do que ninguém, não tive fibra.

HÉRACLES
E vens tachar-me — a mim! — de macambúzio?

TESEU
Vamos!

HÉRACLES
Adeus, senhor!

ANFÍTRION
Adeus, meu filho!

HÉRACLES
Conforme o combinado, enterra a prole!

ΑΜΦΙΤΡΥΩΝ

ἐμὲ δὲ τίς, τέκνον;

ΗΡΑΚΛΗΣ

ἐγώ.   1.420

ΑΜΦΙΤΡΥΩΝ

πότ' ἐλθών;

ΗΡΑΚΛΗΣ

ἡνίκ' ἂν θάψηις τέκνα.

ΑΜΦΙΤΡΥΩΝ

πῶς;

ΗΡΑΚΛΗΣ

εἰς Ἀθήνας πέμψομαι Θηβῶν ἄπο.
ἀλλ' ἐσκόμιζε τέκνα, δυσκόμιστ' ἄχη·
ἡμεῖς δ' ἀναλώσαντες αἰσχύναις δόμον
Θησεῖ πανώλεις ἑψόμεσθ' ἐφολκίδες.
ὅστις δὲ πλοῦτον ἢ σθένος μᾶλλον φίλων   1.425
ἀγαθῶν πεπᾶσθαι βούλεται κακῶς φρονεῖ.

ΧΟΡΟΣ

στείχομεν οἰκτροὶ καὶ πολύκλαυτοι,
τὰ μέγιστα φίλων ὀλέσαντες.

ANFÍTRION

E quanto a mim, quem me sepulta?

HÉRACLES

Eu.   1.420

ANFÍTRION

E quando tornas?

HÉRACLES

Quando sepultes meus meninos.

ANFÍTRION

Como?

HÉRACLES

Mando que te conduzam para Atenas.
Mas leva para dentro — ó dor! — meus filhos.
Nau que Teseu reboca, aniquilado
segue quem imergiu o lar na infâmia.
Não pensa bem quem sonha em ter riqueza   1.425
e poderio mais do que em ter amigo.

> [Saem Héracles, Teseu e Anfítrion,
> e os corpos de Mégara e das crianças são removidos da cena]

CORO

Lamuriando, plurilacrimais,
nos retiramos, sem o amigo magno.

A humanização de Héracles

Trajano Vieira

Eurípides é o autor grego a quem melhor cabe a designação de moderno. O emprego do vocabulário filosófico e científico do século V a.C., a mescla de registros verbais, a ruptura com a noção convencional de unidade dramática, os recursos metalinguísticos de que lançou mão nos surpreendem ainda hoje. *Héracles* não é exceção. Píndaro, ao se referir a Héracles como "herói deus" (*Nemeia*, 3, 22), já havia destacado a natureza paradoxal dessa figura mitológica, pois o herói grego, além de mortal, não frequentava o Olimpo. Mitólogos chamam a atenção para a experiência ctônica de Héracles no âmbito dos doze trabalhos e para sua relação genealógica com Zeus, aspectos que também sugerem sua matriz polar. Joseph Fontenrose[1] foi um dos estudiosos que privilegiou a dimensão do deus que "conquista a morte". Walter Burkert preferiu vê-lo como exemplo, relevante na tradição indoeuropeia, do "mestre dos animais", elencando numerosos mitos em que desempenha tal função, como no episódio do cérbero, do touro cretense ou do gado de Gérion.[2] Há vasos que o representam lutando com o leão nemeu, e há imagens em que veste a pele desse animal.

---

[1] Joseph Fontenrose, *Python: A Study of Delphic Myth and Its Origins*, Berkeley/Los Angeles, University of California Press, 1959, pp. 321-64.

[2] Walter Burkert, *Structure and History in Greek Mythology and Ritual*, Berkeley, University of California Press, 1979, pp. 78-9.

Eurípides apresenta o herói praticamente imbatível, sublime no vigor e na generosidade, não tanto com o objetivo de exibi-lo, depois do revés, como um ente frágil e vulnerável, mas para revelar sua fibra, quando rejeita o universo olímpico e incorpora o valor humano da amizade. Se as críticas aos deuses são recorrentes na obra do autor, como ao adúltero Apolo (*Ion*, vv. 911 ss.) ou ao vingativo Dioniso (*Bacantes*, vv. 1.346-8), em nenhuma outra peça Zeus é objeto de rejeição tão dura. Como o leitor observa no surpreendente diálogo entre Héracles e Teseu, o herói não só leva ao extremo sua aversão pelos deuses olímpicos, como também desdenha da representação antropomórfica da mitologia grega. Esse era um tópico importante na filosofia da época, que Eurípides insere de maneira notável no drama. Refiro-me aos versos 1.314-21 e 1.341-6. Teseu admite a mesquinhez e o rancor dos deuses, mas pondera que desrespeitá-los seria um ato imprudente e arrogante. Héracles discorda. Essa visão tradicional não se sustentaria, ou melhor, não passaria de uma mentira dos poetas, pois o "deus, se é verdadeiramente um deus, de nada necessita" (v. 1.345). Tal afirmação nos leva a deduzir que as deusas presentes anteriormente no palco, Íris e Lissa, não passam de uma invenção poética do próprio Eurípides. E além das duas, a própria Hera, que as teria enviado para provocar a loucura de Héracles. Deparamo-nos, pois, com representações literárias e não efetivamente com imagens divinas.

A explicitação do caráter ficcional da obra literária é um dos aspectos mais inovadores do teatro euripidiano. A artificialidade da mitologia antropomórfica é colocada em cena, assim como Xenófanes já a introduzira na poesia filosófica. O que o público assiste é uma invenção poética. Ao deixar essa revelação para o final do drama, o autor leva a plateia a reexaminar não só os episódios vislumbrados anteriormente, como os fundamentos tradicionais da representação olímpica, que norteavam suas crenças e condutas. A representação restringe-se ao que ela é, invenção a que se atribuiu valor de verdade no passado.

Héracles não questiona a existência dos deuses, mas os considera entes abstratos, independentes da projeção e experiência humana. Essa distância é que lhe permite romper com padrões de comportamento tradicionais do universo heroico. Ájax comete suicídio por concluir que seria impossível preservar a aura sublime depois da matança praticada num momento de insensatez. A autoimagem grandiosa que os heróis homéricos cultivam não lhes permite suportar o modo como o antagonista vislumbraria sua fragilidade. O herói homérico é mortal, mas se comporta imaginando como um deus agiria em seu lugar. Héracles rompe com esse perfil no drama de Eurípides, ao assumir — e o contraste com sua imagem inicial não poderia ser maior — a dimensão humana de seu sofrimento. O assassinato cometido passa a fazer parte de seu drama subjetivo. A força necessária para conviver com o dilaceramento dá origem a outro tipo de herói, totalmente diferente do que frequenta as páginas da *Ilíada*. É uma nova dimensão do tempo que se abre, onde o passado é reconstruído na medida em que se projeta no futuro. O tempo humano não mais se enclausura na imagem apologética de si, mas avança com a carga muitas vezes traumática do passado.

Nesse novo quadro, a amizade substitui o vínculo fundamentado na preservação de valores idealizados pelos heróis épicos. Aquiles não nutre simpatia por Ulisses, mas o interesse em eternizar valores baseados na coragem e no reconhecimento militar os mantém próximos. Teseu oferece uma nova experiência em Atenas ao amigo, que o salvara no passado. É a amizade que viabilizará a vivência de Héracles na pólis que o acolhe. A solidariedade toma o lugar do vínculo sustentado pela admiração distanciada.

Muito se escreveu sobre a estrutura do *Héracles*, que não se enquadra nos parâmetros aristotélicos de unidade dramática. De fato, na primeira parte da peça, concluída com a morte do tirano Lico (v. 840), não há nada que indique as ocorrências da segunda. Wilamowitz tentou explicar essa estrutura numa análise de viés psicológico, argumentando que Héracles manifestaria sinais de insensatez já na primeira parte da tragédia.[3] Poucos concordam com essa leitura hoje em dia. *Héracles* sofreu críticas severas de helenistas como Gilbert Murray (para quem a peça seria *"broken-backed"*)[4] ou de escritores como Swinburne ("aborto grotesco")[5] justamente por causa de sua composição bipartida. São numerosos os ensaios especializados que ainda hoje procuram elucidar esse aspecto fundamental. Podemos buscar muitas explicações para essa proliferação bibliográfica; uma delas talvez decorra do fato de os helenistas frequentemente serem pouco afeitos a questões estéticas. Salvo engano, devemos a Shirley Barlow[6] o reconhecimento da interpretação de William Arrowsmith,[7] tradutor criativo do teatro grego e da poesia completa de Montale, autor de um livro sobre o cinema de Antonioni e helenista que construiu uma carreira menos convencional, o qual considera *Héracles* "o mais violento *tour de force* na tragédia grega". Para Arrowsmith, a justaposição é um recurso deliberado nesta obra de Eurípides. Para nós, acostumados com as dissimetrias do teatro moderno, sua abordagem parece tão certeira, que nos perguntamos por que motivo, a não ser pela falta de inspiração de análises rotineiras,

---

[3] Ulrich von Wilamowitz-Moellendorff, *Euripides — Herakles*, Berlim, Weidmannsche Buchhandlung, 1895.

[4] Gilbert Murray, *Greek Studies*, Oxford, Clarendon Press, 1946, p. 112.

[5] Citado por A. W. Verrall em *Essays on Four Plays of Euripides*, Cambridge, Cambridge University Press, 1905.

[6] Shirley A. Barlow, "Structure and Dramatic Realism in Euripides' *Heracles*", *Greece & Rome*, vol. 29, n° 2, 1982, pp. 115-25.

[7] William Arrowsmith, "Introduction", em *Euripides II — Heracles*, Chicago, The University of Chicago Press, 1956.

apegadas a questões menores, ela levou tanto tempo para se impor. Registro que a própria Barlow, dando sequência aos comentários de Arrowsmith, oferece-nos uma aguda análise formal dos 94 versos líricos do primeiro estásimo (vv. 348-441), centrados nos doze trabalhos de Héracles. De fato, ao lermos a passagem, ficamos com a impressão de que Eurípides homenageia a linguagem hiperelaborada de Píndaro, graças ao tom solene, ao emprego de compostos incomuns e ao caráter alusivo do episódio. Cabe notar que o artificialismo verbal presente no trecho, repleto, segundo o editor inglês Godfrey Bond, de "frases barrocas",[8] contrasta com o tom excessivamente dramático do episódio seguinte, concernente aos preparativos da morte da mulher e dos filhos de Héracles.

Ao justapor duas tragédias, Eurípides leva ao limite os fundamentos de sua poética. Desconsiderar os aspectos contrastantes significa deixar de lado o que o teatro de Eurípides tem de mais instigante e peculiar. Leia-se, por exemplo, a passagem em que Lissa, personificação da Loucura (a palavra significa "dilaceramento", "delírio"), dialoga com a mensageira Íris. A Loucura resiste a exercer sua própria prerrogativa, vale dizer, se nega a ser sua própria representação em cena, se nega a ser o que é. O que pode haver de mais contrário à imagem convencional da loucura do que a ponderação e o exercício reflexivo? Íris critica Loucura por ser prudente, temperante, sensata, empregando um verbo recorrente na filosofia platônica: *sofronein*. Dois versos antes, a mensageira de Hera rechaçara a tentativa de a Loucura "instaurar o pensamento, o inteligível" (*nouthétei*). A Loucura surge dotada de uma dimensão intelectual inédita, a sensatez, algo surpreendente, como o fato de, a seguir, antes de finalmente exercer sua potência, ela evocar o símbolo máximo da lucidez como prova de que agia a contragosto, o Sol!

---

[8] Godfrey W. Bond, "Introduction", em *Euripides — Heracles*, Oxford, Clarendon Press, 1981, pp. 161 ss.

Concebido de inversões, deslocamentos e aproximações inusitadas, o teatro de Eurípides continua a nos surpreender, mesmo depois de arrojadas produções contemporâneas. *Héracles* leva ao extremo a experiência estética do autor, ao aglutinar duas obras em uma e ao nos apresentar um herói que recusa a antropomorfia dos deuses gregos. O personagem atribui tais figurações à invenção dos poetas. É como se Eurípides dissesse, por intermédio de Héracles, que a plateia contemplara uma criação pessoal. Ele assume, pois, a natureza ficcional e ilusória do teatro. Nesse novo cosmos, em que a imagem divina é fruto da criação literária, valores inéditos são gerados. Uma nova ética se configura, em que o personagem incorpora o revés duríssimo e prossegue sua trajetória, ao invés de abreviá-la com o cometimento convencional do suicídio. A moral do homem que opta por conviver com seus próprios traumas e fantasmagorias depende do peso que a amizade passa a ter. É a solidariedade de Teseu que permite, não a superação da agonia dilacerante, mas o difícil convívio subjetivo com ela, no processo de afirmação da vida.

Ao publicar concomitantemente o *Héracles* de Eurípides e *As Traquínias* de Sófocles, cujo protagonista é também o herói imbatível, meu interesse principal é oferecer ao leitor a oportunidade de confrontar poéticas de dois gigantes da teatrologia ocidental. A questão recorrente no pouco que conhecemos da obra de Sófocles (sete peças num universo de cento e vinte e três) concerne ao limite do conhecimento humano. Não se trata de incapacidade intelectiva, mas de impossibilidade ontológica. Reinhardt[9] e Heidegger[10] exami-

---

[9] Karl Reinhardt, *Sófocles*, tradução de Oliver Tolle, Brasília, Editora UnB, 2007, pp. 118-20.

[10] Martin Heidegger, *Introdução à Metafísica*, tradução de Emmanuel Carneiro Leão, Brasília/Rio de Janeiro, Editora UnB/Tempo Brasileiro, 1978, pp. 134 ss.

naram essa questão a partir de um coro do *Édipo Rei*, no qual o universo aparente não se desvincula da noção de verdade. Como se sabe, esse é o tema central da filosofia de Parmênides. A imersão na aparência, ou melhor, no aparecer, impede o acesso ao sentido real. Só quando essa dimensão declina, para usar o verbo sofocliano (*apoklinai*, *Édipo Rei*, v. 1.192), momentaneamente o sentido verdadeiro vem à tona. Por outro lado, tal sentido é, desde o início, conhecido pelos deuses, que enviam, através do oráculo, certas pistas com as quais os personagens convivem angustiados em seu afã inútil de elucidá-las. Sua elucidação ocorre tardiamente, no momento da inversão trágica. Incapaz de solucionar o alerta oracular, o personagem sofocliano permanece desconhecido de si mesmo, definindo-se como enigma. A fragilidade do herói menos vulnerável da mitologia grega, Héracles, demonstra a abrangência desse tópico. Nas *Traquínias*, Héracles ouve o oráculo segundo o qual sua morte viria do mundo dos mortos. Sua hipótese parece razoável: imaginou que seria morto no Hades, que frequentara no âmbito dos doze trabalhos. Como isso não ocorre, passa a desconsiderar a frase divina. Quando, agonizante, descobre finalmente a causa de sua morte, dá-se conta da verdade oracular. Verdade, constata o leitor, impossível de ser antecipada pelo personagem. Ninguém, nem mesmo um personagem intelectualmente brilhante como Édipo, poderia prever a concretização do oráculo de Héracles.

O cerne do teatro de Sófocles é a imprevisibilidade, diante da qual os mecanismos mais sutis da racionalidade têm valor relativo. No caso das *Traquínias*, o autor escolheu o personagem mais imbatível da mitologia grega para indicar a incontornável debilidade humana. Sua falha não decorre de limitação intelectual, mas do fato de as equações possuírem variáveis de impossível antecipação. Sua decifração se dá *a posteriori*, quando a ruína se instaura, tarde demais para vigorar uma experiência satisfatória.

Como observei antes, *Héracles* volta-se para outro horizonte e, repito a fim de concluir, o lançamento conjunto das duas peças pode facultar o exame mais direto das concepções dramáticas dos dois poetas. Entretanto, apesar das diferenças radicais que os separam, um ponto os aproxima: os doze trabalhos de Héracles configuram um conjunto de episódios prodigiosos cuja função precípua é sugerir a transcendência do personagem. E é fora do contexto heroico, no âmbito da experiência humana, que Héracles revela toda sua fragilidade. Somos levados a concluir que essa figura tão exponencial é constituída para exibir a dimensão grandiosa de seu desastre. Nem toda a magnitude heroica reúne força suficiente para enfrentar a enigmática instabilidade do destino humano.

Métrica e critérios de tradução

A estrutura métrica da tragédia grega é bastante complexa. Nos diálogos, predomina o trímetro jâmbico, que possui o seguinte esquema:

$$\times - \cup - \quad \times - \cup - \quad \times - \cup -$$

Em outros termos, a primeira sílaba do segmento ("pé") pode ser breve ou longa; a segunda, longa; a terceira, breve; a quarta, longa. Essa unidade é repetida três vezes no verso. Em lugar da alternância entre sílabas átonas e tônicas, em grego o ritmo varia entre breve e longa (esta última tendo duas vezes a duração da breve).

Por outro lado, a métrica dos coros é bastante diversificada e apresenta dificuldade ainda maior de escansão, decorrente, entre outros motivos, do acúmulo de elisões e cesuras, bastante comuns nesses entrechos.

Na tradução de *Héracles*, uso o decassílabo na maior parte dos diálogos, com variação acentual, respeitando os parâmetros rítmicos possíveis para esse tipo de verso em português. Nos episódios corais e nos diálogos que não seguem o padrão do trímetro jâmbico, emprego o verso livre, privilegiando a acentuação nas sílabas pares.

Adotei procedimento semelhante na tradução da *Medeia*, de Eurípides (São Paulo, Editora 34, 2010), onde, numa nota sobre o assunto, incluí alguns comentários.

Sobre o autor

Os dados biográficos sobre Eurípides são escassos e, em sua maioria, fazem parte do anedotário, com base sobretudo no personagem cômico "Eurípides", recorrente na obra de Aristófanes (a alusão, por exemplo, ao fato inverídico de sua mãe ser uma verdureira nas *Tesmoforiantes...*). Durante o período helenístico, turistas estrangeiros eram conduzidos a uma gruta em Salamina onde Eurípides teria dado asas à imaginação, isolado do mundo... Não se sabe ao certo se ele ou um homônimo praticou também a pintura, encontrada em Megara. Eurípides nasceu em *c.* 480 a.C. na ilha de Salamina e morreu em 406 a.C. na Macedônia, para onde se transferiu em 408 a.C., a convite do rei Arquelau. Seu pai, Mnesarco, era proprietário de terras. Sua estreia num concurso trágico ocorreu em 455 a.C., ano da morte de Ésquilo. Obteve poucas vitórias (apenas quatro primeiros prêmios, o mais antigo, de 441 a.C., aos quarenta anos de idade), fato normalmente evocado para justificar o amargor do exílio voluntário. Das 93 peças que tradicionalmente lhe são atribuídas, chegaram até nós dezoito, oito das quais datadas com precisão: *Alceste* (438 a.C.), *Medeia* (431 a.C.), *Hipólito* (428 a.C.), *As Troianas* (415 a.C.), *Helena* (412 a.C.), *Orestes* (408 a.C.), *Ifigênia em Áulis* e *As Bacantes* (405 a.C.). As peças compostas na Macedônia foram representadas postumamente em Atenas por seu filho homônimo: *Ifigênia em Áulis, Alcméon em Corinto* e *As Bacantes.* Diferentemente de Ésquilo e Sófocles, Eurípides não teve participação política nos afazeres de Atenas. Nesse sentido, Aristóteles menciona na *Retórica* (1.416a, 29-35) o processo de "troca" (*antídosis*) em que o escritor teria se envolvido, levado a cabo por Hygiainon, provavelmente em 428 a.C. Segundo esse tipo de processo, um cidadão poderia encarregar outro de uma determinada atividade em prol da cidade. Em caso de recusa, teria o direito de propor a troca de patrimônio. E o primeiro caso de *antídosis* de que se tem notícia é justamente esse contra Eurípides. São conhecidas as passagens das *Rãs* de Aristófanes (ver, por exemplo, o verso 959) em que se fala de sua predileção pela representação de situações cotidianas, e da *Poética* (1.460b, 33 ss.), em que Aristóteles comenta que, diferentemente de Sófocles, o qual apresenta os homens "como deveriam ser", Eurípides os representa "como são". Já na antiguidade, com Longino (*Do sublime*, XV, 4-5), alude-se à sua maneira de representar naturalisticamente a psique humana, sobretudo feminina (de fato, são numerosas as personagens que surgem sob esse enfoque: Medeia, Hécuba, Electra, Fedra, Creusa). Entre as inovações que introduziu no teatro, cabe lembrar o recurso do *deus ex machina*, a aparição sobrevoante, por meio de uma grua, de um deus (aspecto criticado por Aristóteles na sua *Poética*, 1.454b, 2 ss.).

Sugestões bibliográficas

Refiro a seguir algumas poucas obras sobre o *Héracles*, de Eurípides, que podem servir de roteiro ao leitor interessado em se aprofundar no estudo da peça. Desde logo, entre as edições críticas mais acessíveis, cabe destacar a de Shirley Barlow (*Heracles*, Warminster, Aris & Phillips, 1996), cujos comentários eruditos passam pelo filtro de fina sensibilidade literária. Como já registrei no posfácio, coube à especialista a retomada da análise pioneira do notável tradutor e helenista William Arrowsmith, elaborada inicialmente numa tese acadêmica e publicada depois no ensaio incluído neste livro. Barlow é também autora de um penetrante estudo sobre a linguagem visual nas tragédias de Eurípides (*The Imagery of Euripides*, Londres, Bristol Classical Press, 2008), em que dedica várias páginas ao *Héracles*. Ann Norris Michelini escreveu *Euripides and the Tragic Tradition* (Madison, University of Wisconsin Press, 1987), onde há um capítulo instigante sobre a natureza paradoxal do *Héracles*. A monografia de Thalia Papadopoulou, *Heracles and Euripidean Tragedy* (Cambridge, Cambridge University Press, 2005), faz um balanço criterioso das análises da tragédia e oferece ampla bibliografia atualizada.

Excertos da crítica

"De todas as peças remanescentes, *Héracles* levanta com maior urgência as questões euripidianas perenes sobre a natureza da unidade dramática, o papel dos deuses e os usos de culto e lenda, e tem sido impossível para intérpretes prosseguir enquanto deixam essas questões centrais sem solução. Entretanto, o modo direto como a peça aborda problemas que em outro lugar são mascarados pela ironia de procedimentos indiretos torna os elementos de sua estrutura quase impossíveis de serem desconsiderados. Como resultado, a imagem da peça na literatura crítica tem delineamento claro, embora áreas centrais permaneçam severamente distorcidas ou fora de foco.

Héracles levanta problemas de 'unidade' que são consideravelmente mais graves que os presentes em outras peças trágicas construídas, como se pensa, em duas partes. No caso das peças sofoclianas 'dípticas' ou peças como *Hécabe*, que combinam duas ações, ou peças como *Hipólito*, concentradas em dois protagonistas, notamos principalmente a mudança de foco de uma parte para outra. Mas em *Héracles* as duas ações dramáticas não têm relação causal, não se movem na mesma direção e, na verdade, revertem e contradizem radicalmente uma à outra. A primeira metade se estrutura para um final feliz, com Héracles retornando triunfantemente para resgatar a família do usurpador Lico, ao passo que a segunda metade mostra o salvador como assassino da própria família. Enquanto em outros casos é possível rastrear as maneiras pelas quais duas ações foram entrelaçadas, neste podemos apenas apontar os paralelos e analogias entre as ações. A característica central da estrutura deve permanecer a cisão abrupta que secciona a peça em duas metades.

O aparecimento da segunda ação viola um antigo critério estilístico e familiar que assevera que uma obra de arte deve possuir 'unidade orgânica', como se fosse uma ecologia ou sistema independente, um organismo, ao invés de uma construção intencional. Posto que toda arte é de fato feita para propósitos humanos, essa norma crítica impõe ainda uma outra camada de artificialidade sobre a obra: *ars est celare artem* [a arte está em esconder a arte]. A peça 'organicamente' configurada nos apresenta uma série de eventos dramáticos que parecem se encaixar de maneira causal, assim como, de certos pontos de vista humanos, algumas séries de eventos reais se encaixam. Mas a unidade de uma realidade dramática não depende de nenhuma edição ou análise por parte de nossa consciência, visto que todos os elementos numa obra de arte deveriam ser uma parte do mesmo sistema de significação. *Héracles* nos mostra uma parte de realidade geralmente excluída do drama, uma sequência de eventos que, como muitas sequências na vida, é arbitrária, sem sentido e contraditória. Porque os eventos da segunda metade tornam os eventos da primeira irrelevantes e sem sentido, a estrutura dramática não 'faz sentido' e não pode ser decifrada de uma maneira normal. É configurada para ser ininteligível."

Ann Norris Michelini (*Euripides and the Tragic Tradition*, Madison, University of Wisconsin Press, 1987, pp. 231-2)

"Muitas reações estéticas ao *Héracles* têm sido, entretanto, proporcionalmente negativas. Algumas tragédias euripidianas, como *As Troianas*, são dramas 'leite derramado' que começam com a 'reviravolta' e a maior parte, se não toda, da carnificina. Outras, como a *Medeia*, retêm a explosão de violência até perto do final. *Héracles* coloca a reviravolta do destino de seu herói exatamente no centro. Desde o século XVIII, críticas têm sido dirigidas contra a estrutura 'díptica' or *broken-backed* da peça. Há diferentes maneiras de lidar com esse problema aludido. Uma é enfatizar temas que são centrais à peça inteira — esperança, sorte, salvação, excelência, reputação, violência, amizade. Uma outra é apontar alguns dos usos mais perturbadores da linguagem em referências anteriores a Héracles e argumentar que sua loucura é sutilmente prenunciada na metade inicial. Uma terceira linha de defesa vê a estrutura ímpar como uma resposta à natureza única de Héracles: Eurípides projetou a trama bifurcada para explorar a hibridez ontológica do herói, a indistinção da margem entre humano e divino.

Contudo, discussões sobre a estrutura da obra não têm considerado o impacto da peça na encenação. No palco, dicção e ação transcendem completamente o deslocamento alegado. Apenas a *performance* pode demonstrar o impacto aural da poesia no painel da 'loucura'; a amplitude notável de ambiguidade verbal, etimologias, repetição, trocadilhos e retomadas produz um sentido de loucura linguística, um tornado de dicção poética através do qual o significado é revelado. Além disso, a *performance* revela que Héracles está onipresente como tópico de discussão se não efetivamente como sujeito. A tragédia termina enviando-o a Atenas para ser objeto de um culto de herói, mas, ao fazê-lo, levanta a questão sobre o que um herói tão violento, anacrônico pode oferecer a uma democracia do século V, na qual as explorações gloriosas de indivíduos brilhantes precisam se subordinar ao bem-estar da mais ampla comunidade. A peça examina de maneira exaustiva as tradições míticas anteriores que cercavam Héracles. Mas, por fim, é apenas Atenas e o gênero ateniense de tragédia que podem salvar Héracles da morte cultural e obsolecência que o ameaçam na primeira parte da obra e produzem um tipo novo e menos tradicional de herói cujos poderes são mais metafísicos que físicos, um herói mais adequado e valioso aos atenienses do século V a.C."

Edith Hall (*Greek Tragedy: Suffering Under the Sun*, Oxford, Oxford University Press, 2010, p. 266)

"A deserção dos amigos de ocasião torna a lealdade da família e do Coro a Héracles ainda mais impressionante e prenuncia o apoio que ele obterá de Anfítrion e que, adicionalmente, encontrará em Teseu no final da peça. É nesse momento, quando Anfítrion e Teseu veem Héracles transitar do desespero suicida à resolução tranquila, que o tema da amizade atinge o clímax — a importância da amizade e do amor humano. Os deuses mostraram-se não confiáveis ou malevolentes. Zeus negligenciou o resgate do filho. Hera enviou-lhe a loucura destrutiva. Mas a solidariedade humana da família está lá, e a ajuda de um amigo. O apoio revela-se mútuo. Héracles salvou Anfítrion da morte. Anfítrion trata cuidadosamente do filho ao longo de seu transe pós-maníaco (vv. 1.089-162). Héracles ajudou Teseu no submundo, então agora Teseu oferece ajuda a Héracles (vv. 1.234-6), rejeitando como supersticiosa a crença de Héracles de que há uma poluição infecciosa emanando dele (vv. 1.231-4), persuadindo-o a fazer uso de seus antigos recursos para sustentá-lo em sua desolação atual (vv. 1.250-2) e oferecendo-lhe sua casa em Atenas (vv. 1.323-5). A peça termina com Héracles partindo com Teseu. Descreve-se como dependente de Teseu, como pequenos barcos rebocados (v. 1.424), tal qual anteriormente ele mesmo rebocou seus filhos dependentes como se fossem pequenas embarcações (v. 631). A mesma imagem rara é usada em ambos os momentos para enfatizar a reviravolta em dependência.

Héracles explicita a moral da peça em suas derradeiras palavras: 'Quem deseja adquirir riqueza ou poder ao invés de bons amigos é tolo' (vv. 1.425-6). Por experiência própria, sua riqueza e força física falharam em guiá-lo através das crises na vida — de fato, sua força foi a causa das crises — mas a amizade humana, por outro lado, esteve ao seu lado e o carregou através do desespero absoluto, quando ele estava incapacitado de ajudar a si próprio. A solidariedade humana é ainda mais impressionante quando comparada à negligência de Zeus e à malevolência de Hera. Os mortais acabaram por se revelar superiores aos deuses em termos de compaixão e apuro (leiam-se as palavras de Anfítrion no verso 342), e somente eles são confiáveis. A humanidade pode redimir a obra dos deuses.

Até mesmo o Coro reconhece a importância suprema da amizade, como mostram os versos finais da peça por ele pronunciados: 'perdemos nosso maior amigo'. Héracles era um amigo verdadeiro para eles e para a humanidade ao civilizar o mundo conhecido.

Héracles, o benfeitor e grande amigo da humanidade, foi assim descrito por Teseu no verso 1.252 e assim permaneceu mesmo após todo o caos de sua loucura."

Shirley A. Barlow (*Euripides: Heracles*, Warminster, Aris & Phillips, 1996, pp. 14-5)

"Cometer suicídio, como um ato que eliminaria sua desgraça, seria uma solução corajosa e nobre, como o próprio Héracles inicialmente pensou, mas apenas se ele acreditasse ter sido abandonado pelos deuses. O que mudou agora é que a referência feita por Teseu aos deuses imperfeitos como exemplos provocou a redefinição radical por Héracles de sua relação com a divindade. Sua morte significaria a aceitação da própria derrota nas mãos dos deuses que ele agora escolhe rejeitar; também agradaria a Hera, que Héracles imagina celebrando seu desastre (vv. 1.303-7), enquanto sua decisão de viver é também sua vitória sobre ela, seguindo-se à sua recusa de designá-la uma divindade efetiva. Se os deuses que o destruíram não são, em sua opinião, deuses, pois deuses são perfeitos, então o suicídio não tem sentido. Ao mesmo tempo, as ofertas de Teseu lhe propiciam uma alternativa suportável à morte e Atenas torna-se o lugar que pode receber Héracles. A solução prática oferecida a Héracles é também um elemento que não estava disponível ao Ájax sofocliano, igualmente isolado e vulnerável, mas a quem nunca foi ofertado o tipo de alternativa que Teseu pôde propor a Héracles.

A vulnerabilidade de Héracles também significa que sua experiência e conhecimento de vida estão agora ampliados. Isso se torna evidente em seu endereçamento emotivo às suas armas (vv. 1.376-85), símbolos de seu valor heroico mas também lembranças do assassinato da esposa e dos filhos. Decidir-se entre mantê-las ou não é extremamente árduo (v. 1.378), mas, por fim, ele decide preservá-las (v. 1.385). A decisão é resultado de sua afirmação do passado heroico, mas também da vulnerabilidade e do pesar que sente após matar a família.

No contexto do vocabulário de armas da peça, a retenção do arco e do bastão não significa que a defesa do arqueiro postulada por Anfítrion tenha final e subitamente prevalecido; ao contrário, as armas tornam-se símbolos da mudança gradual de Héracles. Ele costumava ser o tipo de arqueiro autossuficiente que Anfítrion elogiava. Mas, na peça, era também descrito em contextos em que se enfatizava a vulnerabilidade do guerreiro. Nesse sentido, a descrição que Anfítrion e Lico apresentam de Héracles como arqueiro destacava a imagem de um Héracles invulnerável. Entretanto, a imagem do arqueiro Héracles é diferente agora, pois, neste contexto, suas armas claramente enfatizam sua vulnerabilidade. E, ao mesmo tempo, elas são também instrumento de coragem, não simplesmente o tipo de coragem exibida em batalha, mas também da coragem evidenciada quando Héracles persiste vivendo."

Thalia Papadopoulou (*Heracles and Euripidean Tragedy*, Cambridge, Cambridge University Press, 2005, pp. 178-9)

Introdução ao *Héracles*[1]

William Arrowsmith

O *Héracles* de Eurípides raramente recebe lugar de destaque no *corpus* das tragédias existentes. Se ninguém mais aceita a descrição da peça como "um aborto grotesco", oferecida por Swinburne, isso se deve menos a uma verdadeira discordância do que a um hábito de respeito pelo autor, apoiado pela cautelosa intuição do poder extraordinário da peça. Sobre essa cautela não deve haver dúvida. Não importa quão deslocada seja a estrutura de *Héracles*, seu poder dramático e seu virtuosismo técnico são inequívocos. Com a possível exceção das *Bacantes*, não há outra peça em que Eurípides tenha posto mais de si mesmo e de suas já maduras habilidades poéticas. Cena após cena, sente-se aquela certeza de movimento e o preciso controle da paixão que aparecem apenas com o dramaturgo já demonstrando completa maestria de seu meio. Pensa-se inicialmente na assombrosa brutalidade e no choque que irrompem na cena da loucura, uma brutalidade ainda mais terrível por causa da ternura que a precede; ou na grande nênia que celebra os trabalhos de Héracles, e depois o confronto daquela ode com o simples

---

[1] Extraído de *Euripides II — The Cyclops and Heracles, Iphigenia in Tauris, Helen*, The Complete Greek Tragedies, organização de David Grene e Richmond Lattimore, Chicago, The University of Chicago Press, 1956, pp. 44-57 ("Introduction to *Heracles*"). A presente tradução ao português foi realizada por Dirceu Villa.

"Adeus, lavores!", do herói; ou, ainda, na requintada ode em louvor à juventude e ao serviço das Musas, poesia tensa com toda a força da vida do poeta por trás dela; e, por fim, naquela angustiada conversa entre Teseu e Héracles na qual o herói, alquebrado por seu sofrimento, fraco, reduzido à sua humanidade final, surge em seu maior heroísmo, certamente uma das mais poderosas *codas* da tragédia grega.

Tecnicamente, ao menos, é uma obra brilhante, com a ousadia do gesto dramático e o vigor da invenção notáveis em toda parte, mas em especial no audaz contraponto de peripécias, nas quais há as reviravoltas da peça, girando o tempo todo quando uma ação desencadeia o seu oposto, ou, justaposta a uma súbita iluminação, é subitamente destruída e anulada. Tema após tema, com tato perfeito para ritmo e colocação, as reversões se acumulam, e cada motivo ganha um novo giro nessa roda. Assim, o primeiro ato da peça, lento, convencional, acabrunhado pela fraqueza de seus personagens, cria a partir do desespero uma repentina e venerável teodiceia. A roda gira, e uma irrupção violenta do irracional esmaga toda a teodiceia; então, em um último volteio, tanto o irracional como a teodiceia são igualmente desfeitos no enorme salto do herói para uma ilusão de ordem na divindade, uma asserção que ele mantém com firmeza, a despeito de sua experiência. O salvador que de repente se torna destruidor é por sua vez salvo da autodestruição pelo homem que ele antes salvara do Hades. O herói é reduzido à sua humanidade como condição de seu heroísmo. Por toda a tragédia, ganhando impulso pelo contraste, corre o ritmo de seus termos menores: primeiro desespero, daí esperança, daí novamente desespero, e finalmente uma resistência mais profunda do que ambos; velhice e juventude, fraqueza e força, ambos os pares se resolvem na condição que os unifica. Esquemática, brilhante, selvagemente cindida, *Héracles* é uma peça muito poderosa e, com a exceção da *Oresteia*, o mais violento *tour de force* estrutural da tragédia grega.

Foram precisamente esse deslocamento, esse virtuosismo e essa violência na estrutura da peça que, acima de tudo, mancharam sua reputação e impediram que fosse reavaliada. De acordo com os padrões aristotélicos de julgamento (e Aristóteles ainda hoje afeta a crítica teatral em um nível profundo), o deslocamento da peça parecia não ter sentido ou ser gratuito; pois em quase cada ponto imaginável ela está em direta contradição com os princípios da *Poética*. Assim, Héracles não tem *hamartia* visível; se ele cai, não cai por falha em sua própria natureza ou por um erro de juízo, mas como vítima inocente da brutalidade divina. E, ainda pior, a peça jamais exibe aquela profunda e necessária conexão *propter hoc* entre suas partes, que para Aristóteles constituía a própria estrutura da tragédia.[2] De modo quase unívoco, tanto críticos como eruditos, de Aristóteles até o presente, apontaram para o deslocamento na peça como uma mácula insuperável. O *Héracles*, dizem, tem a "espinha partida",[3] é uma peça que "se divide tão claramente em duas partes que não podemos vê-la como uma obra de arte".[4] Mas ao dizê-lo eles demonstram, penso, tanto o seu ultrajado aristotelismo, quanto os aspectos óbvios da estrutura da peça.

Está fora de questão o fato de que a peça apresenta de modo evidente duas ações discretas, mas contínuas, e entre essas duas ações não há nem necessidade causal nem sequer probabilidade: o segundo ato segue, mas de modo algum surge, do primeiro. Quando se encerra o coro que celebra a chacina de Lico (verso 814), temos uma ação completa tão convencional em movimento quanto em assunto: um quadro

---

[2] Aristóteles, *Poética*, 1.452a 20.

[3] Gilbert Murray, *Greek Studies*, Oxford, Clarendon Press, 1946, p. 112.

[4] Gilbert Norwood, *Greek Tragedy*, Londres, Methuen & Co., 1928, p. 229.

familiar de suplicantes, seu cruel antagonista, um *agôn* no qual aquele que atormenta é chacinado pelo salvador, com um hino de encerramento em louvor ao herói e à justiça vingada dos deuses. Essa ação melodramática é destruída pelo surgimento de Loucura e Íris, e a peça, violando qualquer probabilidade, submerge para iniciar uma ação inteiramente nova. Totalmente inesperada e sem base causal é a primeira parte da peça; a loucura de Héracles e o assassinato de sua esposa e filhos são apenas lançados em contraste ofuscante contra a ação precedente. Contra a teodiceia é posta a hedionda prova da injustiça divina; contra a grandeza, a piedade e a *areté* de Héracles, no primeiro ato, se coloca a terrível recompensa do heroísmo no segundo; contra a paz assegurada, a calma e a ternura domésticas, que fecham o primeiro ato, se põe a aniquilação completa de toda a ordem moral, no segundo. O resultado é uma estrutura na qual dois atos aparentemente autônomos se travam selvagemente um contra o outro em quase total contradição, sem tentativa alguma de minimizar ou modular a profunda fratura formal.

A fratura é, obviamente, deliberada; de fato, nada que pudesse apoiar o efeito de choque total nessa reversão foi omitido. Além do mais, até mesmo uma pesquisa apressada do material que Eurípides utilizou nessa tragédia mostra quão cuidadosamente aquele material foi ordenado para efetuar, ao invés de prevenir, esse deslocamento de estrutura.

A tradição antiga contava como Hera perseguiu Héracles, por causa do ciúme que nutria da aventura amorosa de Zeus com a mãe de Héracles, Alcmena. Também contava como Héracles, a quem Hera enlouquecera, matara seus próprios filhos e como teria matado também seu pai Anfítrion se Atena não viesse intervir, deixando inconsciente, com uma pedrada, o herói furioso. Em sua maior parte, Eurípides manteve essas tradições, mas com esta grande diferença: onde na tradição comum os grandes trabalhos de Héracles foram assumidos como penitência pelo assassinato das crianças, Eurípides transpôs os assassinatos para logo após o momento da conclusão dos trabalhos, o ápice da carreira de Héracles. Pela queda de Héracles acontecer no exato momento em que atinge o ponto mais alto de sua carreira, a hediondez da vingança de Hera é fortemente ressaltada e sua insensibilidade abrupta, trágica, ganha ênfase. Isto é, o dramaturgo organizou seu material de maneira a que atingisse precisamente aquele deslocamento que a estrutura da peça exibe. E isso não é tudo: porque Eurípides transpôs os trabalhos e os assassinatos, ele foi forçado a inventar uma nova justificativa para os trabalhos. E esse motivo foi o da piedade filial: Héracles assumiu seus trabalhos para resgatar a nação da qual Anfítrion fora exilado pelo assassinato de Electríon. Assim, ao mesmo tempo em que Eurípides inventa livremente para preencher o vão causado pela transposição original, ele subitamente humaniza seu herói preparando a conversão que será o cerne do segundo ato.

A tradição contava também do suicídio de Héracles no monte Eta (cf. *As Traquínias*, de Sófocles) e de como, após a morte, o herói havia sido levado para o paraíso e de como se lhe dera juventude eterna na pessoa de Hebe. Toda essa saga é suprimida na versão de Eurípides, mas o próprio fato de sua supressão informa todo o *Héracles*, apontando a direção da ação contra o que foi excluído. Desse modo, Héracles, longe de ser deificado em Eurípides, é humanizado como condição de seu heroísmo.[5] E, longe de cometer suicídio,

---

[5] Na humanização do personagem, Eurípides retorna à mais antiga de todas as tradições conhecidas de Héracles, a homérica, na qual o herói também tinha de morrer. Cf. *Ilíada*, XVIII, versos 115 ss.: "Nem mesmo o grande Héracles escapou da morte, embora fosse caro ao senhor Zeus, o filho de Cronos, mas o destino comum o tragou, e a ira dolorosa de Hera". Na literatura do período histórico essa tradição foi quase totalmente eclipsada pelo Héracles deificado, uma versão que começa também com Homero (cf. *Odisseia*, XI, 601 ss.).

o Héracles de Eurípides descobre sua maior nobreza ao recusar a morte e escolher a vida. Se, novamente na tradição mais antiga, Héracles se casava com Hebe (i.e., a juventude) e assim ganhava vida eterna, na peça de Eurípides Hebe se apresenta à ação como nada mais do que um lembrete impossível e angustiado da necessidade mortal, e como a imagem assombrada do que teria sido a recompensa da virtude humana em um universo sem uma falha decisiva (cf. versos 637-72). De maneira semelhante, a supressão do motivo da deificação aguça a resistência da humanidade com suas necessidades, em contraste com a felicidade dos deuses amorais. A deificação é substituída pela coisa mais próxima do Olimpo que este mundo pode oferecer — asilo honroso em Atenas. Por esse motivo, Teseu é introduzido como o representante da humanidade ateniense para resgatar e trazer para Atenas o maior herói dórico.

Pelo desenvolvimento de seu material, Eurípides estruturou sua peça em duas ações paralelas divididas por uma peripécia cujo objetivo é mais o de enfatizar a quebra do que oferecer uma ligação entre as partes. Se o *Héracles* é partido, o deslocamento é, no mínimo, deliberado, e como tal é claramente consistente com a prática de Eurípides em outros textos: nas duas ações da *Hécuba*, na trama dupla do *Hipólito*, nas episódicas *Troianas* ou *Fenícias*, na partida *Andrômaca* e na deslocada *Electra*. Porém, ainda mais violentamente do que nessas peças, o *Héracles* insiste na fissura irreparável em sua estrutura e convida-nos, por seu grande poder, a descobrir o que, mesmo assim, faz dele uma só peça. É adequado que a nossa percepção de poder em literatura deva nos levar mais profundamente para dentro da ordem ou desordem criadas ou invocadas.

A despeito do fato de que o primeiro ato é inteiramente de invenção livre, é importante notar quão convencional é o tratamento. No desenvolvimento dos personagens, em seus atributos e motivos, na teologia e nos valores recebidos a que a ação apela, a convenção é visível em toda parte. O personagem é essencialmente estático, a ação, como um todo, livre de qualquer movimento realmente trágico. Todas as pausas emocionais de uma situação melodramática foram retiradas: nos movemos do desespero de uma família indefesa para a súbita chegada do herói salvador e para o triunfante diapasão final da justiça divina vingada. Os personagens são apenas introduzidos, certamente não mais do que o necessário para manter a ilusão de que são pessoas reais numa situação de perigo indizível. Se a ação não é muito banal, é ao menos habitual e previsível, tão previsível, na verdade, que pode ser considerada uma paródia do movimento trágico costumeiro. Certamente, ninguém familiarizado com a prática de Eurípides pode duvidar de que a confortável teodiceia que fecha o ato foi escrita ironicamente, ou que de alguma forma anuncia, certeira, uma queda. E a impressão de poder puramente trágico, no segundo ato, embora baseada em um roteiro semelhante, solapa insensivelmente o primeiro ato e expõe sua convencionalidade.

O que é verdadeiro para o primeiro ato como um todo é também verdadeiro para o Héracles do primeiro ato. As características tradicionais que compõem sua figura foram, em sua maior parte, preservadas cuidadosamente; se Héracles aqui não é o brutamontes da comédia ou o tipo sensual e sanguíneo do *Alceste*, é no entanto o reconhecível herói da cultura da tradição dórica e beócia: forte, corajoso, nobre, autossuficiente, carregando nas costas toda a *areté* aristocrática da tradição moralizada de Píndaro. Desse modo, as grosserias ou as crueldades ou as aventuras eróticas que a tradição às vezes lhe atribui (cf. novamente *As Traquínias*) foram todas suprimidas. Na vida doméstica ele é um filho devotado, um marido fiel e um pai amoroso; na vida civil ele é o rei justo, o inimigo da *hybris*, o campeão dos indefesos, o servo leal dos deuses. Seus trabalhos civilizadores em prol da humanidade são aceitos como verdades literais, e a curiosa ambiguidade na tradição que fez de Héracles o filho de dois pais, Zeus e Anfítrion, é mantida. Seu heroísmo é baseado em sua força e é essencialmente voltado para fora, mas não obstante é válido, ou ao menos válido o bastante para a contida realidade do primeiro ato.

Contra esse pano de fundo, o segundo ato abre com força trágica e surpreendentes transformações, mostrando primeiro o herói conquistador, o *kallinikos*, reduzido a lágrimas, indefeso, dependente e apaixonado, despido daquela força voltada para o exterior que até então o havia poupado das necessidades humanas normais, e agora descobrindo tanto seu ponto em comum com os homens quanto uma nova e internalizada coragem moral. Esse Héracles não é somente antitradicional; ele é quase inconcebível na perspectiva tradicional e é trágico, quando o Héracles anterior era apenas nobre. O aspecto em que se deve insistir aqui é a distância, a cada ponto, entre as duas ações. Moveu-se aqui um mundo inteiro para longe das virtudes simples e da teodiceia do primeiro ato, já que o novo papel e coragem do herói minam tudo o que a peça criara até então. O mundo das coisas dadas, a realidade das "coisas como se diz que são", definha e é substituído não por mera contradição, mas por um novo mito trágico invocando novos valores e baseado numa realidade mais severa. Que audiência, especialmente uma grega, teria reconhecido o austero herói cultural recebido da tradição naquele Héracles alquebrado, quase caseiro, tentando conter as lágrimas?

Temos, portanto, duas ações extremamente diversas, postas em duro contraste: uma convencional e a outra situada em um mundo no qual a tradição é tola e a conduta, inexplorada. A peripécia que as separa é o meio pelo qual o dramaturgo expressa simbolicamente a desordem derradeira do universo moral, e também o mecanismo pelo qual o heroísmo do segundo ato é elevado, através de uma total transformação da realidade como se a presume. A peça inteira exibe, como se em dois platôs, uma *conversão* da realidade. Uma história ou lenda derivada de crenças herdadas — o mundo do mito e o *corpus* das "coisas como se diz que são" — é subitamente *convertida*, em todas as suas partes, termos, personagens e valores que invoca, sob pressão dramática, em outra fase da realidade. O que resulta é algo como uma mutação dramática da realidade pronta, e o salto que a peça dá entre as fases ou platôs dessas duas realidades propõe-se a corresponder em força, vividez e aparente imprevisibilidade às mudanças no mundo físico. É essa violência na conversão da realidade que explica, de um ponto de vista aristotélico, o retorcido deslocamento do drama de Eurípides e a aparente falta de conexão entre as partes da peça. A peça gira sobre duas realidades aparentemente incompatíveis e, se insiste sobre a maior realidade do que foi criado contra o que era dado, o faz não negando realidade à realidade dada, mas sutilmente deslocando-a na transfiguração de seus termos.

Assim, sistematicamente no *Héracles*, cada um dos termos — as qualidades, a situação, os personagens — apropriados ao Héracles da tradição é transformado e deslocado. Se no primeiro ato tanto Zeus quanto Anfítrion são os pais de Héracles, no segundo ato Anfítrion se torna o "verdadeiro" pai de Héracles, não pelo fato da concepção, mas pelo fato maior do amor, *philia*. No primeiro ato, Héracles descia efetivamente a um Hades literal; no segundo, sua descida literal é transfigurada na recusa em morrer e na coragem que, sob necessidade intolerável, persevera. Há uma pista, além do mais, de que o velho Hades dos poetas com seu Cérbero, seu Sísifo e seus tormentos é transformado na segunda parte em um Hades interno, de aqui e agora, internalizado no sentido que o próprio Héracles declara, "Similar a Íxion,/ fixo à prisão da roda, girarei". Portanto, também os antigos trabalhos parecem ter sido substituídos pelo sentido metafórico dos trabalhos impostos à vida humana e do custo da civilização, enquanto a deusa Hera, que na lenda torna Héracles louco, passa a ser quase casualmente um símbolo pairante de todas aquelas necessidades irracionais e aleatórias que os gregos e a peça chamam *Tyche*, e que frouxamente traduzimos por "Fortuna" ou "necessidade".

Todas essas conversões substituem e desalojam a realidade do primeiro ato ao transfigurá-la a cada ponto. O primeiro ato, à luz do segundo, não é falso nem irreal, mas inadequado. Através da força de contraste com sua própria conversão, ele vem a parecer obsoleto, ingênuo, ou mesmo enfadonho, tanto quanto a fresca convicção formada sob *peine forte et dure* transforma, sem que se perceba, a convicção que ela substitui em algo desinteressante ou pueril em comparação. Sob a luz modificada da experiência e do padrão que impõe, o que antes era tomado por realidade vem a parecer no máximo ilusão: verdadeira enquanto tomada como tal, a experiência ampliada faz descobri-la inadequada. O que vemos é menos a contradição entre duas realidades opostas do que uma relação em contraponto de seu desenvolvimento, o modo no qual, sob o golpe do sofrimento e da súbita revelação, uma realidade cede à outra, cada uma equipada com sua experiência apropriada. Começa-se com um mundo familiar e convencional, operando a partir de motivos familiares em meio a valores aceitos, embora em desuso; quando a peça se encerra, personagens, motivos e valores foram todos empurrados às próprias fronteiras da realidade.

Entretanto, se nesse contexto de conversão o primeiro ato convencional é solapado e desalojado pelo segundo ato trágico, o primeiro ato também ajuda a informar o segundo e a antecipar suas descobertas. Desse modo, o desespero de Héracles após sua loucura encontra paralelo no desespero de sua família na primeira parte; o que dizem e fazem lá tem o propósito de se aplicar com toda força à sua situação mais tarde. Se a coragem para eles está na nobreza com a qual aceitam a necessidade da morte, nobreza para Héracles está na coragem com a qual ele aceita sua vida como sua necessidade, pois, nas palavras de Anfítrion:

> Quem se mantém esperançoso é ótimo,
> quem nunca vê saída é um homem vil. [105-6]

Se Anfítrion no primeiro ato tem uma vida "inútil" (42) por virtude da velhice extrema e da fraqueza, Héracles mais tarde vem a ter a mesma vida "inútil" (1.302), e assim ambos se encontram na base de sua condição comum. Fala da mesma forma de sua própria carência, da velhice, como "fardo, a velhice sempre/ peso maior que o cimo do Etna/ sobre a cabeça pousa, eclipsa/ em treva a fulgidez do olhar" (639-41); essa mesma escuridão, não a idade mas o pesar, se abate sobre os olhos de Héracles (1.140, 1.159, 1.198, 1.104-5, 1.216, 1.226 ss.), a noite escura de sua alma. E quando o coro no primeiro ato encontra a esperança de sua vida na poesia e persevera a serviço da Musa, Teseu igualmente desvenda Héracles ao sol e lhe mostra a esperança na *philia*, o que lhe permite viver. E assim também quando Héracles, autossuficiente e independente, guia seus filhos ao palácio, antes da loucura, trazendo-os atrás de si como pequenos barcos rebocados (*epholkidas*); mas, no final da peça, Héracles já alquebrado, apaixonado e dependente, segue no encalço de Teseu a Atenas como um pequeno barco rebocado (*epholkides*). O mesmo contraponto implícito entre as duas ações explica em parte, creio, a injustificada vilania de Lico. Equilibrando em si a corrupção de poder humano e a brutalidade (*amathia*), vem o abuso do poder divino em Hera — um abuso ainda mais hediondo, uma vez que a crueldade divina é *a fortiori* pior do que a brutalidade humana. Além disso, suspeito, supõe-se que vejamos correspondência novamente na morte física que Lico recebe das mãos de Héracles, e o aniquilamento espiritual de Hera, que é a consequência da grande fala de Héracles sobre os deuses (1.340-46). Mas ao longo da peça, em metáfora, em contraste de cenas inteiras, em imagens, as duas ações têm paralelos ponto a ponto. Sob o nível do brusco deslocamento estrutural da peça corre um constante ziguezague de referência, comentário e contraste, lançando palavras isoladas ou temas em relevo agudo, continuamente qualificado, durante toda a ação. Na percepção dessa contínua conversão dos termos da peça jaz o entendimento de seu movimento e unidade.

Em cada detalhe, o motivo mais profundo da peça é trazer Héracles ao lugar em que pela primeira vez ele partilha um terreno comum com os outros, todos os quais, como ele, carregam o pesado jugo da necessidade, mas não têm a enorme força física que até então o excetuava. Porém, se deve partilhar esse jugo com os demais, se é reduzido à sua humanidade como condição do único heroísmo que conta, ele também vem a conhecer pela primeira vez aquele outro, e redentor, jugo do amor, *philia*, que por si só faz a necessidade suportável. Pois o *Héracles* é uma peça que impõe sofrimento aos homens como sua condição trágica, mas também descobre uma coragem igual àquela necessidade, uma coragem fundada em amor. Testemunhamos uma conversão do heroísmo cujo modelo é Héracles, e o cerne dessa conversão está na passagem, por parte do herói, do sofrimento que é fruto de uma coragem antiquada e da força física voltada para fora, rumo a uma nova coragem interna, agora sem exceções, mas com a adição de amor e perseverança contra uma necessidade intolerável.

Amor é a esperança, a *elpis*, que lhe permite resistir, e sua descoberta daquela esperança segue *pari passu* com seu conhecimento da angústia. Ele sobrevive pela virtude do amor, pois o amor se aproxima — se não o usurpa — do instinto de sobrevivência. Ao fim da peça vemos Héracles defender a dignidade de sua aflição contra as censuras de um Teseu que, apesar de toda sua generosidade, ainda tem raízes no antigo heroísmo e já não o entende. Tendo reivindicado a dignidade de sua nova coragem, Héracles pode, sem fraqueza ou perda de estatura trágica, tornar clara a ruína de sua vida e sua própria impotência dependente: forte mas também fraco, em necessidade e em amor, um herói em todos os aspectos.

Héracles vem a ocupar, pelo sofrimento, o lugar em que Mégara, Anfítrion e o coro estiveram antes. A nobreza daqueles proporciona um padrão para medir seu heroísmo, primeiramente o desafiando, e, então, sendo ultrapassado por ele. Mas nada em Héracles é diminuído pelo fato de Mégara e Anfítrion terem estabelecido o exemplo que deve seguir, e que já sabe que deve aprender. A própria fraqueza de ambos os pôs próximos de uma situação de necessidade, enquanto a *areté* de Héracles foi tão prodigiosamente desenvolvida como força física que nada senão a maior coragem moral se exige dele para que sobreviva à sua necessidade. Ele enfrenta e persevera em enfrentar seus sofrimentos com uma enorme grandeza de espírito, o que no fim deixa muito para trás até mesmo o bem pouco convencional Teseu. É essa habilidade no enfrentamento que o engrandece, à altura da esmagadora angústia da necessidade que o confronta. O que conta, no final, não é a disparidade entre a coragem de Héracles e a necessidade e a coragem de outros, mas o fato de que todos — Mégara, Anfítrion, o coro e Héracles — se encontram no ponto comum de sua condição e descobrem tanto coragem e esperança na comunidade de fragilidade e amor.

O que, enfim, podemos pensar de Hera e daquela fala crucial de Héracles sobre a natureza dos deuses (1.340-46)? Sobre o fato de que foi Hera quem enlouqueceu Héracles, como vimos, isso fora parte do material lendário de Eurípides. Mas a consequência da fala de Héracles é aparentemente negar que as ações dos deuses poderiam de fato ser tais como elas são dramatizadas. Héracles parece negar a realidade da experiência a partir da qual ele faz o discurso, em primeiro lugar. Pois dizer que "Um deus, se é deus, de nada necessita" é claramente invalidar a reivindicação de Hera à divindade, ou negar sua própria experiência de um ser odiado por Hera.

O sentimento é claramente euripidiano: uma recusa usual de acreditar nas velhas lendas que representam os deuses como sujeitos a paixões humanas, e um desconcerto da noção familiar ao século quinto de que a conduta imoral poderia ser sancionada por um apelo à conduta divina como contada na poesia. Mas apenas pelo fato de que os versos sejam de um pensamento característico de Eurípides, seu efeito para a peça não deveria ser deixado de lado como meras inconsistências, ou como uma intrusão não-dramática do dramaturgo *in propria persona*. Pois dizer que o adultério divino, a tirania e todas as más condutas são "os contos deploráveis dos poetas" é um desafio direto e inequívoco não apenas à Hera da peça mas a todo o sistema olímpico.

As consequências das palavras de Héracles na peça, para mim, são estas: que a história da ação de Hera tal qual dramatizada é verdadeira o bastante, mas ao afligir Héracles como ela o faz, Hera renuncia a qualquer reivindicação ao tipo de divindade que Héracles defende. Essa conclusão é, julgo, apoiada pela prática de Eurípides em outros textos, e também pela linguagem da peça. Como no *Hipólito* com Afrodite e nas *Bacantes* com Dionísio, o *Héracles* faz duas coisas com Hera: primeiro dramatiza a lenda que contém sua ação como incrível numa deusa,[6] e então, tendo mostrado *e* afirmado sua incredibilidade, a converte num símbolo de todas as forças desconhecidas e impossíveis de se conhecer, que compelem Héracles e os homens a sofrer tragicamente e sem causa ou sentido. Assim como Dionísio é um símbolo complexo para as forças da vida, amorais e cheias de carências,

---

[6] Cf. versos 1.307-10, onde Héracles pergunta: "Há ser na terra, um único, que a Hera/ ore, suplique a quem aniquilou/ o benfeitor da Grécia, um inocente,/ por ciúme da mulher que Zeus amou?".

Hera encompassa todos os princípios da peripécia e da mudança, assim como os da necessidade imprevisível. Ela não é Hera, é "Hera", um nome que se lhe dá pela falta de um nome, mas que é vagamente o que os gregos queriam dizer com *Tyche*, a senhora das necessidades e reviravoltas. Ao assinalar essa "Hera" como a consequência de sua própria fala, Héracles aniquila a antiga Hera olímpica como deusa, mas também a converte naquele poder demoníaco e terrivelmente real de sua própria carência. A tragédia de Héracles é tanto verdadeira como real, mas não é mais a história tradicional, nem Héracles é o mesmo homem, nem Hera a mesma deusa. E é para confirmar essa conversão que Héracles conclui, versos mais tarde (1.357): "Constato sermos servos do destino [*tyche*]". E assim também, em sua última referência a Hera, ele insinua a conversão ao justapor, de maneira significativa, tanto *tyche* como o nome de Hera, afirmando que "ao golpe [*tyche*] de Hera todos sucumbimos" (1.393).[7] E, não bastasse isso, a preocupação opressora da peça com a peripécia como tema e como deslocamento na estrutura confirmaria a conversão. Isso, penso, é o que devemos esperar: que a conversão da antiga lenda de Héracles e sua antiga nobreza em um novo mito deveria ser acompanhada pela conversão da necessidade também. Alterar seu antigo heroísmo sem também alterar a fonte de seu sofrimento seria aleijar a conversão em um ponto crucial. Tornaria obscuro o fato de que Héracles, apesar de alquebrado por suas necessidades, ainda retém a vitória moral sobre o poder que o arruína, e consegue, para si e para os homens, a vitória que Anfítrion reivindica sobre Zeus, antes:

mas eu supero o súpero no mérito. [342]

---

[7] Cf. 1.314, 1.349, 1.396, assim como a disjunção significativa "(cedia/ à sina ou era Hera que o dobrava?)" na fala de Anfítrion em 20-1.

Reivindica uma coragem que mais do que se iguala à sua condição, e pode, portanto, reivindicar a dignidade de sua dor.

Héracles não é um herói aristotélico, nem a peça é uma tragédia aristotélica; ainda assim, o *Héracles* é uma grande tragédia e Héracles é, ele mesmo, um grande herói trágico. O abismo entre Eurípides e Aristóteles nas questões consideradas aqui é grande e permanente, e merece ser enfatizado. Para Aristóteles uma queda trágica é baseada em um sentido consistente e harmonioso da responsabilidade do homem por sua natureza e suas ações: quando o herói cai, ele cai por seu próprio fracasso, e por trás da correção de sua queda, movendo tanto a piedade quanto o medo pela natureza precisa e incansável de suas operações, está a ordem que a sociedade e um mundo informado por deuses impõe ao indivíduo. O que a lei requer, os deuses requerem também, e assim uma peça aristotélica retrata, como imagem da vida humana, o indivíduo sofrendo, dividido entre a sua natureza e uma ordem objetiva do mundo. Em Eurípides é diferente; aqui o sofrimento do indivíduo sob suas necessidades pode não ter tal correção, ou correção alguma, como acontece no *Héracles*. A ordem do mundo dos deuses como refletida nas "coisas como se diz que são" pode ser incrível, ou uma acusação àquela ordem, e, se impõe carências injustamente a um homem, a própria coragem com a qual ele as suporta faz dele trágico e lhe dá a vitória moral sobre seu próprio destino. Da mesma forma com a sociedade: porque a sociedade pode ser não menos corrupta do que os "deuses" e igualmente injusta nas necessidades que impõe. Eurípides preserva a desordem da experiência verdadeira, medindo seu horror contra a ilusão não-correspondida de ordem que sustenta os seres humanos. Sua imagem da humanidade trágica é conquistada menos no conflito entre a natureza do indivíduo e as necessidades impostas por uma ordem superior, do que no conflito entre o indivíduo e suas necessidades internalizadas. No *Héracles*, ao menos, é a própria inocência do herói que condena os "deuses" que o tornam insano; mas porque os deuses são apresentados como não críveis e logo transformados num símbolo coletivo para todas as operações aleatórias e sem sentido da necessidade na vida humana, a coragem com a qual o herói encara seu destino e afirma uma ordem moral, além de sua própria experiência, é simplesmente tão trágica e tão significativa quanto a de Édipo.

Sobre o tradutor

Trajano Vieira é doutor em Literatura Grega pela Universidade de São Paulo (1993), bolsista da Fundação Guggenheim (2001), com estágio pós-doutoral na Universidade de Chicago (2006) e na École des Hautes Études en Sciences Sociales de Paris (2009-2010), e desde 1989 professor de Língua e Literatura Grega no Instituto de Estudos da Linguagem da Universidade Estadual de Campinas (IEL/Unicamp), onde obteve o título de livre-docente em 2008. Tem orientado trabalhos em diversas áreas dos estudos clássicos, voltados sobretudo para a tradução de textos fundamentais da cultura helênica.

Além de ter colaborado, como organizador, na tradução realizada por Haroldo de Campos da *Ilíada* de Homero (2002), tem se dedicado a verter poeticamente tragédias do repertório grego, como *Prometeu prisioneiro* de Ésquilo e *Ájax* de Sófocles (reunidas, com a *Antígone* de Sófocles traduzida por Guilherme de Almeida, no volume *Três tragédias gregas*, 1997); *As Bacantes* (2003), *Medeia* (2010), *Héracles* (2014), *Hipólito* (2015) e *Helena* (2019), de Eurípides; *Édipo Rei* (2001), *Édipo em Colono* (2005), *Filoctetes* (2009), *Antígone* (2009) e *As Traquínias* (2014), de Sófocles; *Agamêmnon* (2007), *Os Persas* (2013) e *Sete contra Tebas* (2018), de Ésquilo, além da *Electra* de Sófocles e a de Eurípides reunidas em um único volume (2009). É também o tradutor de *Xenofanias: releitura de Xenófanes* (2006), *Konstantinos Kaváfis: 60 poemas* (2007), das comédias *Lisístrata*, *Tesmoforiantes* (2011) e *As Rãs* (2014) de Aristófanes, da *Ilíada* (2020) e *Odisseia* (2011) de Homero, da coletânea *Lírica grega, hoje* (2017) e do poema *Alexandra*, de Lícofron (2017). Suas versões do *Agamêmnon* e da *Odisseia* receberam o Prêmio Jabuti de Tradução.

ESTE LIVRO FOI COMPOSTO EM SABON E
CARDO, PELA BRACHER & MALTA, COM
CTP DA NEW PRINT E IMPRESSÃO DA GRA-
PHIUM EM PAPEL PÓLEN SOFT 80 G/M² DA
CIA. SUZANO DE PAPEL E CELULOSE PARA
A EDITORA 34, EM JULHO DE 2021.